STAR WARS™

CD 1

Track 1 – 1977:
Carrie Fisher, Mark Hamill, Harrison Ford und Alec Guinness sprechen mit der Presse über *Star Wars*.

Track 2 – 1977:
»Erschrecken Sie nicht! Es ist nur ein Film!« Erste Radiowerbung schlägt einen erstaunlichen Ton an.

Track 3 – 1978:
Werbespots in Fortsetzungen sollen durch Nacherzählung der Abenteuer unserer Helden die Zuhörer in ihren Bann ziehen.

Track 4 – 1979:
Star Wars ist zurück! Radiowerbung will die Fans für die Wiederaufnahme des Films begeistern.

Track 5 – 2002:
George Lucas spricht über *Star Wars* als Stummfilm.

Track 6 – 2002:
Der Komponist John Williams spricht über seine bahnbrechende Filmmusik.

Track 7 – 1978:
Carrie Fisher singt sich als Prinzessin Leia im *Star Wars Holiday Special* die Seele aus dem Leib.

Track 8 – 1981:
Auszug aus einer Making-of-Dokumentation über das *Star-Wars*-Hörspiel des National Public Radio.

Track 9 – 1981:
Auszug aus dem *Star-Wars*-Hörspiel des National Public Radio.

CD 2

Track 1 – 1982:
Auftaktshow und Soundtrack des *Star-Tours*-Abenteuers.

Track 2 – 1997:
Auszug aus der Audioaufführung von *Magic of Myth*, gesprochen von James Earl Jones für eine Ausstellung des Smithsonian Institute.

Track 3 – 2005:
George Lucas beantwortet Fragen auf der *Star Wars Celebration III*.

Track 4 – 2002:
Samuel L. Jackson spricht über *Angriff der Klonkrieger*.

Track 5 – 2002:
Hayden Christensen spricht über *Angriff der Klonkrieger*.

Track 6 – 2005:
George Lucas spricht über *Die Rache der Sith*.

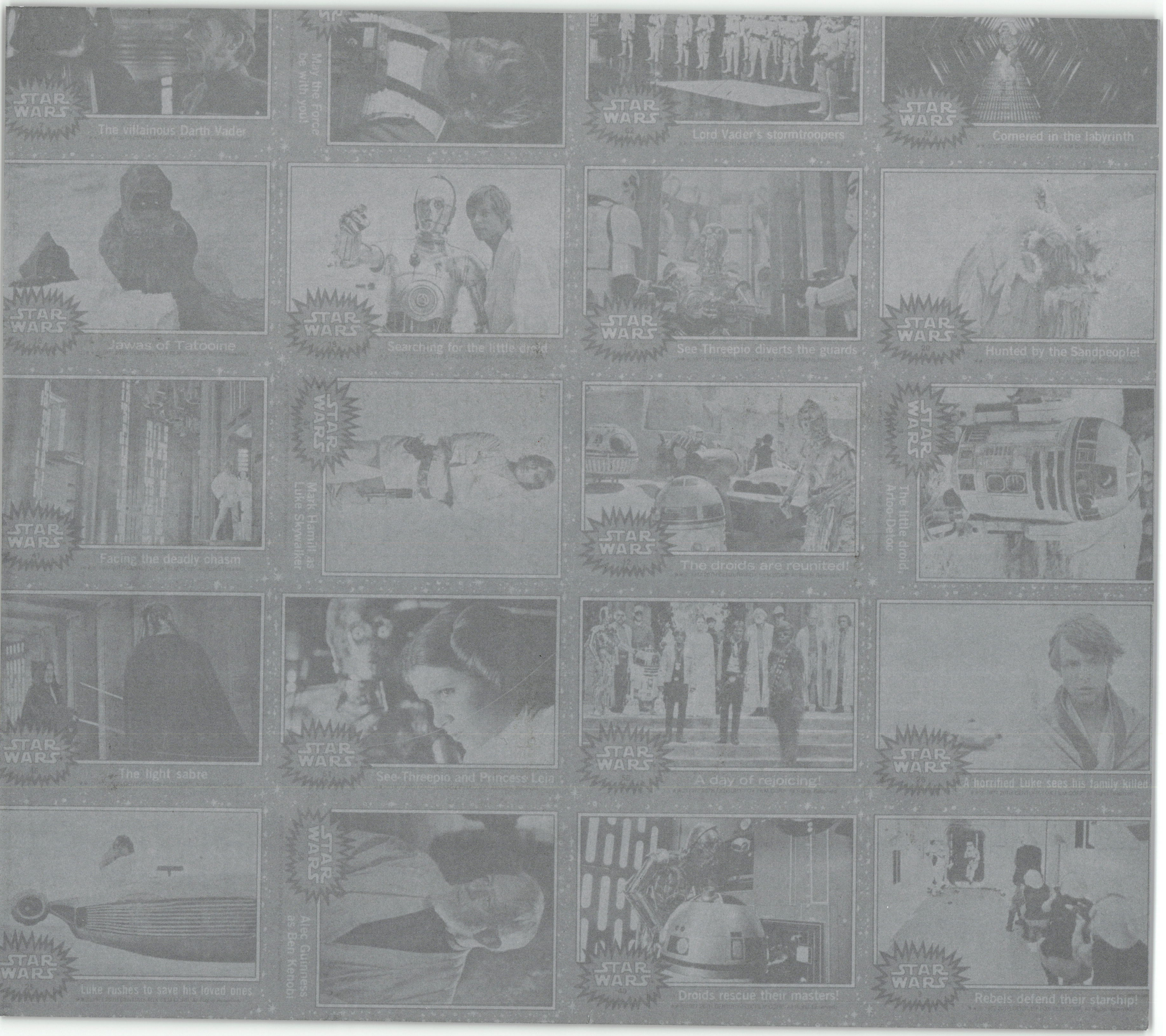
STAR WARS
The villainous Darth Vader
May the Force be with you!
Lord Vader's stormtroopers
Cornered in the labyrinth
Jawas of Tatooine
Searching for the little droid
See-Threepio diverts the guards
Hunted by the Sandpeople!
Facing the deadly chasm
Mark Hamill as Luke Skywalker
The droids are reunited!
The little droid, Artoo-Detoo
The light sabre
See-Threepio and Princess Leia
A day of rejoicing!
A horrified Luke sees his family killed
Luke rushes to save his loved ones
Alec Guinness as Ben Kenobi
Droids rescue their masters!
Rebels defend their starship!

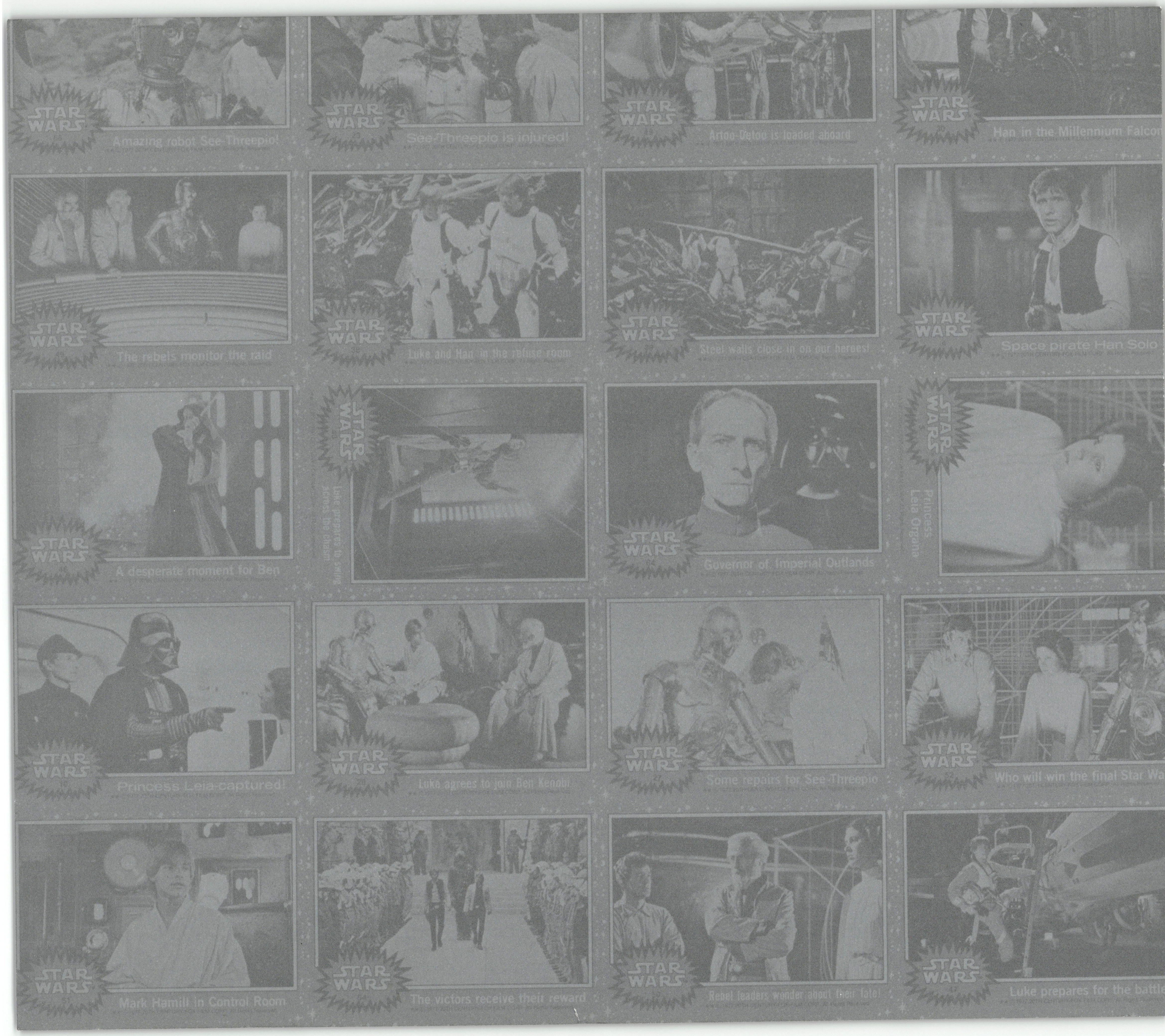
STAR WARS
Amazing robot See-Threepio!
See-Threepio is injured!
Artoo-Detoo is loaded aboard
Han in the Millennium Falco
The rebels monitor the raid
Luke and Han in the refuse room
Steel walls close in on our heroes!
Space pirate Han Solo
A desperate moment for Ben
Luke prepares to swing across the chasm
Governor of Imperial Outlands
Princess Leia Organa
Princess Leia-captured!
Luke agrees to join Ben Kenobi
Some repairs for See-Threepio
Who will win the final Star Wa
Mark Hamill in Control Room
The victors receive their reward
Rebel leaders wonder about their fate!
Luke prepares for the battl

DIE STAR WARS™ COLLECTION

30 JAHRE KULT

AUS DEM ENGLISCHEN VON MICHAEL NAGULA

Stephen J. Sansweet und Peter Vilmur

blanvalet
LUCAS BOOKS
THE OFFICIAL STAR WARS FAN CLUB
starwars.com

WIDMUNG

Für die Männer und Frauen der 501. Legion der Imperialen Sturmtruppen, wahre Fans, die hart arbeiten, ernsthaft spielen und ihren Gemeinschaften überall auf der Welt unendlich viel zurückgeben.
Gratulation zu Eurem zehnten Jahrestag!

Steve Sansweet

Für meine Kinder Chris und Lauren, deren grenzenlose Begeisterung für Daddys Hobby sich nur mit der Unterstützung und dem Verständnis meiner Frau Teri messen kann.

Pete Vilmur

Die Originalausgabe erschien unter dem Titel
»The Star Wars Vault: Thirty Years of Treasures from the Lucasfilm Archives.
With Removable Memorabilia and Two Audio CDs«
bei Harper Entertainment, HarperCollins Publishers Inc., New York.

»Die Star Wars™ Collection« wird produziert von becker & mayer!, Bellevue, Washington
www.beckermayer.com

Alle herausnehmbaren Dokumente und Erinnerungsstücke, die in diesem Buch enthalten sind, sind Reproduktionen der Originale und nicht die Originale selbst.

(Oben) Seit der Gründung der Research Library 1979 wurde dieses Exlibris verwendet. (Unten) Einlass-Pässe für die VIP-Party nach der britischen Premiere von Episode I. (Nächste Seite) Aufdruck einer Filmrolle von 1976 mit dem ursprünglichen Titel (links) und eine Einladung zu der Star-Wars-Vorführung für Besetzung und Crew 1977 in Beverly Hills (rechts).

1. Auflage

Umschlaggestaltung: HAUPTMANN & KOMPANIE Werbeagentur, München-Zürich/Todd Bates
Design by Todd Bates
Editorial by Jenna Land Free
Production Coordination by Nick Boone-Lutz

Lucasfilm Ltd.
Executive Editor: Jonathan Rinzler
Art Director: Troy Alders
Image archives: Tina Mills, Michelle Jouan, Matthew Azeveda
Diretor of Publishing: Amy Gary
Printed in China
ISBN 978-3-7645-0277-5

www.blanvalet.de

INHALT

Wenn Sie auf das Symbol stoßen, finden Sie auf den beigelegten CDs zusätzliches Star-Wars-Audiomaterial.

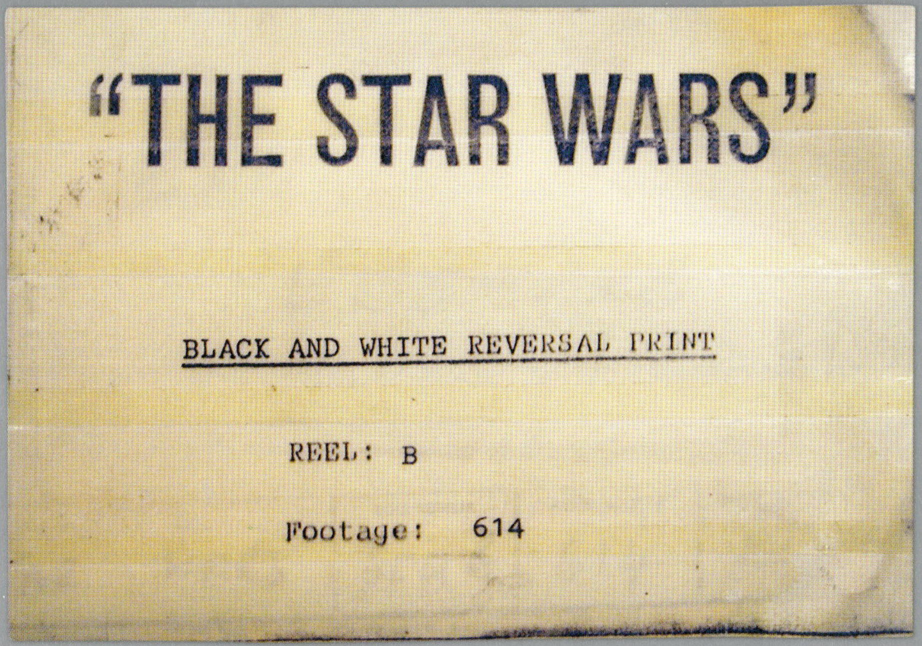

SHOT # 101

BACKGROUND:

P.P. #

PAGE # 1

OPENING

OPTICAL:

FRAME COUNT:

BOARD # 1

DESCRIPTION: STATIC STARS AS TITLES MOVE BOTTOM TO TOP. CAMERA PANS DOWN.

DIALOGUE:

ROTO:

(Links) Ein Schatz im Papierkorb: Die Star-Wars-*Broschüre samt Verpackung von 1976, mit der Steve Sansweet seine Sammlung begann. (Seite 4)* Star-Wars-*Storyboard #1 von 1975 mit Originaltitel des Films.*

EINFÜHRUNG

Gekritzel auf einem Zettel. Eine flüchtige Zeichnung, in jäher Inspiration – oder aus Verzweiflung – aufs Papier geschmiert. Ein enger Terminplan. Eine gebrauchte Eintrittskarte zu einer einzigartigen Party. Sammler bezeichnen solche Stücke als »Ephemera«, aber wenn sie mit einer Berühmtheit oder einem Event in Zusammenhang stehen – oder einer Kinofilmserie, die über drei Jahrzehnte hinweg die Fantasie der ganzen Welt entflammte –, dann sind sie alles andere als ephemer, kurzlebig oder Eintagsfliegen. Solche Objekte gehören zu den soliden Bausteinen eines Phänomens, und nichts Geringeres ist die *Star-Wars*-Saga.

Kann es schon dreißig Jahre her sein, seit *Star Wars* die Bühne betrat? Erst dreißig Jahre? Nicht zuletzt wegen ihrer Aufspaltung in zwei Trilogien hat George Lucas' sechsteilige Filmsaga einen so starken und tiefen Eindruck hinterlassen. *Star Wars* hat bei langjährigen wie bei neueren Fans die Frische und den Glanz bewahrt, die es einst mitbrachte. Zu welcher Art Fan Sie gehören, könnte sehr davon abhängen, wann Sie geboren wurden. Wurden Sie wie Lucas in den Vierzigerjahren des vorigen Jahrhunderts geboren oder in den letzten beiden Jahrzehnten? Oder haben Sie Ihre ersten Erfahrungen mit *Star Wars* durchs Fernsehen gemacht? Jedenfalls gibt uns das dreißigjährige Jubiläum von *Star Wars* Gelegenheit, einen Schritt zurückzutreten und über den bleibenden Eindruck zu staunen, den diese Filme hinterlassen haben – in chronologischer Reihenfolge: *Eine neue Hoffnung* (1977), *Das Imperium schlägt zurück* (1980), *Die Rückkehr der Jedi-Ritter* (1983), *Die dunkle Bedrohung* (1999), *Angriff der Klonkrieger* (2002) und *Die Rache der Sith* (2005).

Zum ersten Mal finden Sie hier eine Unmenge von Erinnerungsstücken, Dokumenten und Fotos zusammengetragen, liebevoll in der Form reproduziert, wie die Mitarbeiter am Set, im Marketing und Merchandising der *Star-Wars*-Filme sie ursprünglich zu Gesicht bekamen. Manche davon – wie Lucas' handschriftliches Treatment für *Das Imperium schlägt zurück* – haben vorher nur eine Hand voll Leute gesehen. Andere – wie der Spielzeug-Katalog, der den ersten, mit großer Spannung erwarteten Objekten der Modellbauserie beilag – entflammten die Fantasie einer ganzen Generation von Kindern, die als beinharte *Star-Wars*-Fans aufwuchsen. Wieder andere zeigen die Kreativität und Leidenschaft der Fans selbst, eine Kraft, die *Star Wars* an vorderster Front der weltweiten Popkultur hält.

Viele dieser Objekte haben die Autoren im Laufe der Jahre selbst zusammengetragen, einige sich auch aus den Privatsammlungen anderer geliehen. Ein Teil des Materials war in den berühmten Lucasfilm Archives in Kartons eingelagert oder in der Research Library und den Image Archives in Schubladen hinterlegt. Manches wird nach wie vor in Lucas' Büro auf der »Skywalker Ranch« aufbewahrt. Alles ist peinlich genau reproduziert oder abgelichtet worden.

Ich erinnere mich noch, als ich in einer frühen Ausgabe eines neuen Science-Fiction-Magazins, *Starlog*, meinen ersten Zeitungsartikel über *Star Wars* las. Mein erstes *Star-Wars*-Sammlerstück war eine Farbbroschüre der Twentieth Century Fox, die im Rahmen einer PR-Aktion an Geschäftsführer und Besitzer von Kinos (und auch an die Medien) verschickt worden war. Sie traf eines Tages im Los-Angeles-Büro des *Wall Street Journal* ein, für das ich als Reporter tätig war. Sie wurde an einen Kollegen geschickt, der über das Kinogeschäft schrieb. Nachdem er sie durchgesehen hatte, warf er sie in den Papierkorb ... aus dem ich sie Stunden später erlöste, als er Feierabend machte; sie war durch die unwürdige Behandlung kein bisschen beschädigt. Und dann gab es noch die kleine Einladungskarte an die Presse, gedruckt auf Karton, um dieses neue »Weltraummärchen« zwei Wochen vor der offiziellen Premiere in einer Preview zu sehen, in einem Kino auf dem Gelände von Fox selbst. Beide Stücke besitze ich heute noch.

Durchstöbern Sie die *Star Wars Collection* nach Gutdünken oder verschlingen Sie den Inhalt als opulentes, äußerst schmackhaftes Dessert. Lesen Sie sich alles durch, heften Sie es ab, machen Sie Sticker daraus, kopieren Sie es, kolorieren Sie es – und genießen Sie diese Insider-Reise, die vor Ihnen höchstens zweitausend Menschen gemacht haben, von denen nur sehr wenige Zugang zu dem kompletten Büfett hatten, das vor Ihnen angerichtet ist. Dieses Buch wurde von Fans für all jene zusammengestellt, die schon einmal einen *Star-Wars*-Film gesehen haben oder durch den Einfluss, den diese Saga in den letzten dreißig Jahren auf TV-Comedys, Weltpolitik, Zeitungskarikaturen und vieles andere mehr genommen hat, mit ihr in Berührung kamen. Zu guter Letzt werden Sie wahrscheinlich verstehen, weshalb ein 1980 von einer Spielzeugfirma geschaffener Slogan zum Schlachtruf der heutigen Fans wurde: »*Star Wars* Is Forever!«

Stephen J. Sansweet

(Insert) Erstes Briefpapier von ILM, 1975. (Unten, von links) Flash Gordon Serials (hier ein Poster von 1938) und Pulp-Magazine inspirierten George Lucas zu seinem Weltraummärchen. Als Jugendlicher las er gern Pulp-Comics (Weird Science, 1950), die ihn zu einigen Filmideen anregten, darunter auch zu Aspekten seines Erstlings THX 1138 von 1971 (unten, zusammen mit seinem Mentor Francis Ford Coppola).

LUCAS NIMMT FAHRT AUF

Unter all den Absolventen des Jahrgangs 1962 der Thomas Downey Highschool in der zentralkalifornischen Farmerstadt Modesto war George Lucas nicht gerade als aufgehender Stern zu erkennen. Hätten Sie sich einen Schüler aussuchen müssen, der einmal ein weltberühmter Regisseur werden würde, wäre er sicher nicht Ihre erste Wahl gewesen. Sie hätten in ihm niemanden gesehen, der das gesamte Filmgeschäft revolutionieren würde, oder jemanden, der die Methoden der Aufnahme, Bearbeitung und Projektion von Bildern, die über eine Leinwand flimmern, modernisieren und in beträchtlichem Umfang verbessern sollte. Vielleicht hätten Sie in ihm einen Rennfahrer gesehen. Aber nicht einen Regisseur.

George hatte schon immer seine Freude am Visuellen gehabt und gern die Science-Fiction und Fantasy gelesen, die in den Fünfzigerjahren des vorigen Jahrhunderts so beliebt waren. Nach der Schule hatte er sich immer sehr bemüht, keine der grob geschnittenen, viertelstündigen Schwarz-Weiß-Fernsehfassungen der drei *Flash-Gordon*-Kinofolgen zu verpassen, die zwischen 1936 und 1940 herausgekommen waren. Er war auch ganz versessen auf die großartigen *Flash-Gordon*-Comics, die Alex Raymond zeichnete. Außerdem begeisterte er sich für die unglaublichen Geschichten in den damals wegbereitenden Pulp-Comics wie *Weird Science* und *Weird Fantasy*.

Er war kein guter Schüler gewesen; der Unterricht langweilte ihn für gewöhnlich. Seine Leidenschaft war die Geschwindigkeit, und er hatte schon einige Kenntnisse als Rennwagenmechaniker erworben. Doch dann, wenige Wochen vor dem Highschool-Abschluss, prallte er bei dem Versuch, einem anderen Fahrzeug auszuweichen, mit seinem geliebten Fiat gegen einen Baum. Er kam nur knapp mit dem Leben davon. Die lange Genesungszeit gab ihm Gelegenheit, über eine Zukunft als Berufsrennfahrer nachzudenken. »Du siehst, was die Zukunft für dich bereithält. Und du begreifst, dass dich das wahrscheinlich umbringen wird«, sagte er. »Ich beschloss, die Sache an den Nagel zu hängen und weiter die Schule zu besuchen.«

Erst auf dem städtischen College und dann an der University of Southern California entdeckte Lucas Fächer, die ihm Spaß machten und in denen er gut war – wie Anthropologie und Psychologie –, und begegnete Herausforderungen, die er an der Highschool nicht gekannt hatte. Zu seinem Erstaunen stellte er fest, dass ihm beides gefiel und er eine Vorliebe für Kinematografie und das Drehen von Kurzfilmen hatte. Mithilfe von Francis Ford Coppola gab er sein Leinwand-Debüt: *THX 1138* – eine Negativ-Utopie, eine trostlose Vision. Die meisten Kritiker verstanden den Film nicht, und das Publikum blieb fern. Aber 1973 hatte Lucas dann seinen Durchbruch mit *American Graffiti*. Dabei schwebte ihm die ganze Zeit lang ein anderer, noch ehrgeizigerer Film vor.

»Ich dachte schon über das *Star-Wars*-Projekt nach, bevor ich *Graffiti* zu drehen begann, und kaum waren die Dreharbeiten abgeschlossen, begann ich 1973 am Skript von *Star Wars* zu schreiben – acht Stunden täglich, fünf Tage die Woche, bis zum März 1976, als wir mit den Dreharbeiten loslegten«, sagte er. Ursprünglich hatte Lucas versucht, die Lizenz für einen abendfüllenden *Flash-Gordon*-Film zu erwerben, aber der Rechteinhaber King Features wies ihn ab. Als ihm dann die Idee zu *Star Wars* kam, wiesen ihn auch zwei Studios ab, mit denen er schon Optionsverträge für Filme hatte, United Artists und Universal Studios, bei denen *Graffiti* herausgekommen war. Jemand, der ihn nicht abwies, war Alan Ladd jr., der Produktionsleiter der Twentieth Century Fox, die mit den *Planet-der-Affen*-Filmen große Markterfolge erzielt hatte. Eine Privatvorführung von *Graffiti* hatte Ladd überzeugt, mit diesem Wunderkind Lucas einen Film zu machen – auch wenn er das erste Treatment von dessen Weltraummärchen nicht ganz verstand.

Optimistisch hinsichtlich des bald erscheinenden *Graffiti*, mietete Lucas sich ein protziges Haus an der Medway Avenue in San Anselmo, einer Gemeinde im Bezirk Marin, etwas nördlich von San Francisco, damals der Inbegriff des kalifornischen Laisser-faire, wo jeder einen Swimmingpool und einen Whirlpool besaß. Ein kleines Büro im ersten Stock wurde zu seiner Schreibstube und seinem selbst geschaffenen Gefängnis, in dem er über den Fassungen von *Star Wars* brütete. Ungefähr sechs Monate später kaufte er ein altes viktorianisches Haus unweit des Park Way und begann, es so umzubauen, dass darin Büros für die zwei Jahre junge Lucasfilm Ltd. Platz fanden. Mit frisch gedrucktem Briefpapier, gespitzten Bleistiften und blau umrandeten Notizzetteln begann George Lucas seine dreijährige Schreibtortur … und sein Lebenswerk.

Als Highschool-Schüler liebte Lucas schnelle Autos wie seinen Fiat (oben, 1962) und wollte Topmechaniker oder Rennfahrer werden, bis ein beinahe tödlicher Unfall seine Pläne vereitelte. Doch diese Leidenschaft für Autos und Tempo fand in viele seiner Filme Eingang, von Star Wars *bis zu dem bahnbrechenden* American Graffiti *von 1973 (unten links).*

WENN EIN DEAL NICHT GANZ EIN DEAL IST

Eine 1975 entstandene Skizze Ralph McQuarries von Figuren, aus denen später Han und Luke werden sollten (links), und ein Storyboard, das Alex Tavoularis 1976 anfertigte, zeigen, welch große Rolle die Grafik bei der Entwicklung der Filme spielte. Die seltsamen Namen in Star Wars *verdanken sich ganz unterschiedlichen Anregungen, etwa (unten) einer Tonspur von* American Graffiti, *Rolle 2 Dialog 2 (R2-D2) von 1972. (Insert) Die erste McQuarrie-Skizze entstand 1974 eine halbe Stunde nach einem Briefing von Lucas, vermutlich von der Rohfassung des Drehbuchs inspiriert, in dessen erster Szene ein silbernes Raumschiff durchs All schießt. (Seite 9) Drei von McQuarries ersten Bildern (1975) zu Beginn der Produktion.*

Zwar hatte Lucasfilm ein »Deal Memo« mit der Twentieth Century Fox über einen Film, der damals noch *The Star Wars* hieß, aber ohne feste Zusage, den Film auch zu finanzieren, hatte das wenig zu bedeuten. Und diese hing vom endgültigen Drehbuch ab, einem »vernünftigen« Budget – und größerem Vertrauen seitens der Vorstandsmitglieder. Schließlich wusste damals jeder, dass Science-Fiction-Filme, die in den Fünfzigerjahren der absolute Renner waren, nun keinen Hund mehr hinter dem Ofen hervorlockten. Selbst Stanley Kubricks Film *2001 – Odyssee im Weltraum* (1968), den die Kritiker inzwischen so sehr bejubeln, hatte sieben Jahre gebraucht, um sein Budget von 10,5 Millionen Dollar wieder einzuspielen.

Zu seiner und der Unterstützung der Förderer, auf die er hoffte und die er zur Umsetzung seiner Vision benötigte, warb George Lucas einen Grafiker namens Ralph McQuarrie an. George und Ralph waren sich das erste Mal 1973 begegnet, als einige Freunde von Lucas Ralph beauftragt hatten, Konzeptbilder für einen Fantasy-Film zu entwerfen. Im Herbst 1974 versicherte Lucas sich für einige Wochen McQuarries Hilfe und gab ihm einen Job, den er – mit Unterbrechungen – fast zehn Jahre lang behalten sollte.

Zu ihrem ersten Arbeitstreffen in McQuarries Apartment in Los Angeles brachte Lucas das Drehbuch und einen Stapel Ausschnitte mit, die er Comics und Zeitschriften entnommen hatte, um dem Künstler eine Vorstellung davon zu geben, welcher Film in seinen Gedanken ablief. Sie sprachen über die *Flash-Gordon*-Serials, aber auch über Errol Flynns Piratenschmonzetten. »Wir reden hier nicht von einem *2001*«, erinnerte McQuarrie sich an Lucas' Worte, »sondern von einer Fantasy für Kinder, die ein paar Helden hat, eine klare Story, in der die Guten gegen die Bösen kämpfen und die Guten gewinnen ... wenigstens am Anfang.« Auch McQuarrie trug einige Ideen und Inspirationen bei; obwohl er damals am ehesten für seine Werbegrafik für Boeing und später für Illustrationen bekannt war, die bei der Live-Berichterstattung des Apollo-Programms durch *CBS News* Verwendung fanden, hatte er die ausschweifende Fantasie eines zügellosen Hippies und das Verhalten eines Blumenkindes der *Peace-and-Love*-Generation – eine Kombination, die Lucas gute Dienste leistete.

Keine halbe Stunde nach Lucas' Aufbruch saß McQuarrie an seinem Zeichentisch und produzierte ein kleines, impressionistisches Scribble nach dem anderen, um die Essenz dessen einzufangen, worüber der Filmemacher gesprochen hatte. Anfang 1975, nach rund fünf Wochen und einer Unmenge weiterer Bleistiftskizzen, Kommentare und Änderungen von Lucas, hatte McQuarrie einen Satz von fünf Bildern fertig, die den Look und das Feeling einfingen, die der Regisseur auf die Leinwand zu bringen hoffte. Mithilfe dieser Bilder konnte Alan Ladd jr. von Fox schließlich seinen Vorstand überzeugen, für den Film grünes Licht zu geben, obwohl einige Mitglieder weiter darauf beharrten – und das bis zur Premiere –, dass der Film der reine Wahnsinn sei.

Die überwiegend junge Crew von ILM (links, vor der Oberfläche eines Todessterns, 1977) musste die Spezialeffekte-Produktion praktisch neu erfinden. 1976 entwickelte sie ein T-Shirt-Logo, das einen X-Wing zeigt (unten links). Es ist auch auf der Topps-Kaugummi-Karte von 1977 an dem ILM-Mitarbeiter links außen zu sehen (oben). (Insert) Blaupausen von Lukes Skyhopper (ursprünglich: Star Hopper) und dem Homestead-Garage-Set, in dem er 1976 geparkt wurde.

KINGKONG – NEU ERFUNDEN!

Eine Spezialeffekte-Kinematografie gab es in Hollywood praktisch nicht mehr, als Lucas sich mit der Vorproduktion des Films abquälte. Die Situation war entmutigend, denn Lucas' Projekt benötigte sicher mehr Spezialeffekte, als jemals zuvor eingesetzt worden waren, und von einer Art, wie man sie noch nie gesehen hatte. Statt sich zu bemühen, den Überresten einer sterbenden Industrie wieder Leben einzuhauchen, beschloss Lucas, sein »Haus der Spezialeffekte« von Grund auf neu zu bauen, und heuerte neue Talente an: in Colleges und aufgrund von Empfehlungen seiner Freunde. Allerdings versicherte er sich auch der Hilfe zweier Veteranen jüngerer Effekte-Filme: des Modellbauers Colin Cantwell, der an *2001 - Odyssee im Weltraum* mitgearbeitet hatte, und des Effects Supervisors John Dykstra, der frisch vom 1972 erschienenen *Silent Running - Lautlos im Weltraum* kam. Der Rest des Teams, vom Concept Designer über die Storyboard-Künstler bis zu den Explosions Photographers, war weitgehend unerprobt.

Die Crew mit dem wohlklingenden Namen Industrial Light & Magic (ILM) bezog ein angemietetes großes Lagerhaus mitten im San Fernando Valley und begann, Modelle, Kameraeinstellungen und Geräte zu entwickeln. Die Art Technik, die erforderlich war, um die Kameraeinstellungen für die Effekte zu ermöglichen, die Lucas vorschwebten, gab es damals noch nicht. Es bedurfte eines beträchtlichen Aufwandes an Recherche und Know-how, bevor auch nur ein einziges Bild im Kasten war. Diese aufwendige Vorproduktion wurde in den Monaten bis zu den ersten Aufnahmen für *Star Wars*, als hunderte von Drehs verschoben werden mussten, um die benötigten Geräte zu perfektionieren, zu einem ständigen Zankapfel. Eines der wichtigsten Hardware-Teile war die nach ihrem Erfinder benannte Dykstraflex-Kamera, das erste vollständig computergesteuerte Kamerasystem; es besaß sieben Bewegungsebenen und konnte die Bewegungen in unterschiedlichen Einstellungen nachbilden. Diese Innovation war wichtig, um überzeugende Aufnahmen von den X-Wings und TIE-Jägern in der Schlacht machen zu können, vom Millenium-Falken, wie er vor dem Todesstern flieht, und von dem atemberaubenden Flug des Sternenzerstörers in der Eröffnungssequenz des Films.

Wesentlich war auch das abgenutzte, ramponierte Aussehen der Ausrüstung in der weit, weit entfernen Galaxis. Heute wird dieser Abnutzungs-Look von den Kinobesuchern für selbstverständlich erachtet, aber in der Frühzeit von *Star Wars* war das eines der herausragenden Gesprächsthemen des Publikums; bis dahin hatte einfach noch niemand daran gedacht, dass jede Ausrüstung, wie fortgeschritten und futuristisch sie auch sein mochte, den Kräften der Entropie und des Zerfalls unterworfen war. Die ILM-Modellbauer und das Art Department im Vereinigten Königreich, von Production Designer John Barry geleitet, entwarfen Modelle, echte Kulissen und Fahrzeuge in natürlicher Größe mit verbrannten Stellen, Schmauchspuren und Schwärzungen an den Antriebsdüsen.

Anfang 1977 hinkten die Spezialeffekte-Drehs dem Zeitplan immer noch hinterher, und es blieben nur mehr wenige Monate bis zur Premiere von *Star Wars*. Aber wie der Spitzbube, der im letzten Augenblick auftaucht und die Situation rettet, lieferte ILM rechtzeitig die Leckerbissen. Die bahnbrechenden Effekte, die in *Star Wars* zu sehen waren, wurden von Zuschauern und Kritikern gleichermaßen bejubelt.

Richard Edlund (oben) bereitet sich 1976 auf den Dreh der ersten Version der Angangsszene von Star Wars *vor. Phil Tippett und John Berg (unten) helfen bei der Animation der »holografischen« Schachfiguren, die 1977 im Spiel zwischen Chewbacca und R2-D2 benutzt wurden. (Rechts) Eine von hundert Listenseiten für visuelle Effekte von ILM, in diesem Fall animiertes »Laser«-Feuer, das tatsächlich eine fremde Spezialeffekte-Firma beitrug.*

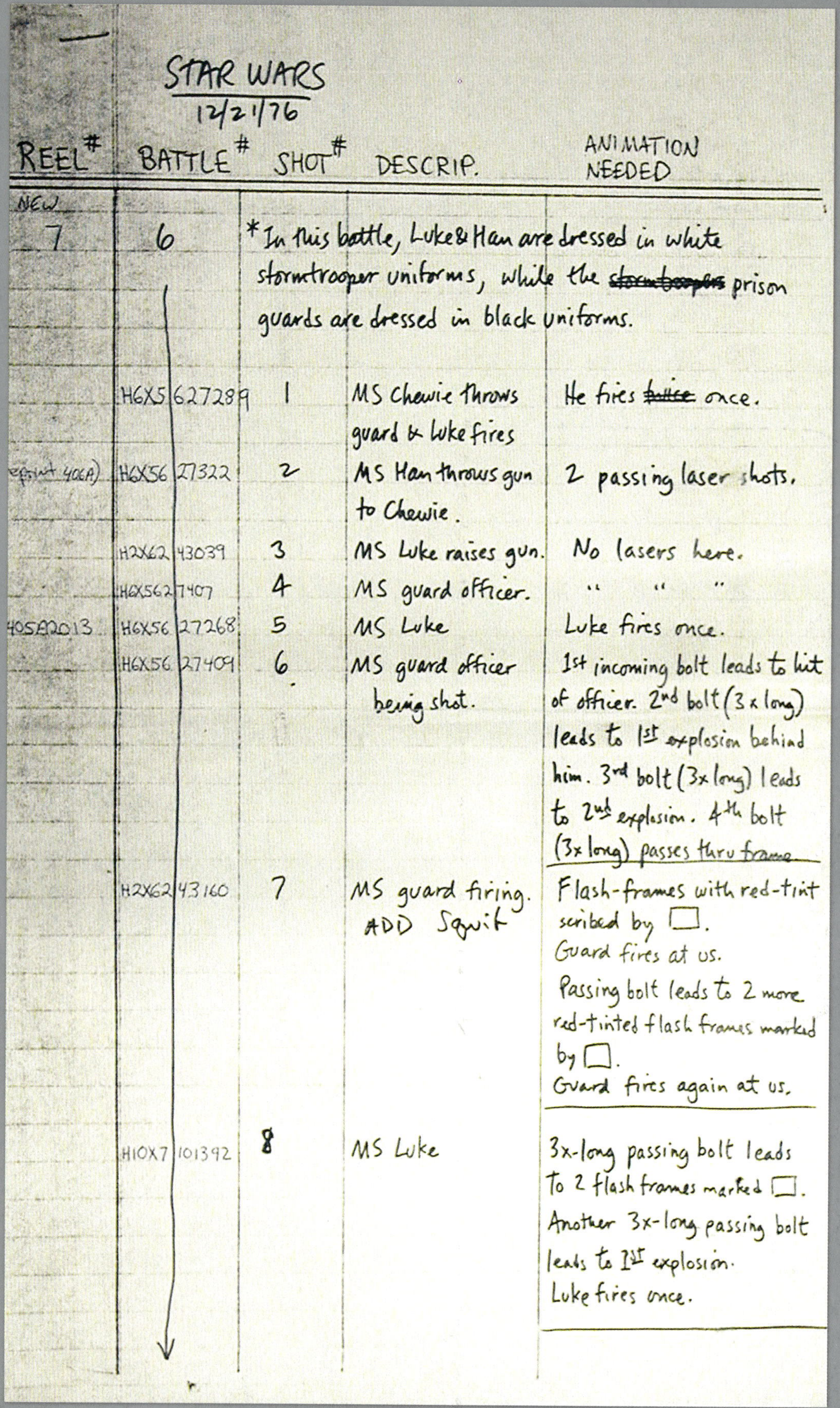

STAR WARS
12/21/76

REEL #	BATTLE #		SHOT #	DESCRIP.	ANIMATION NEEDED
NEW 7	6			* In this battle, Luke & Han are dressed in white stormtrooper uniforms, while the ~~stormtroopers~~ prison guards are dressed in black uniforms.	
		H6X5 627289	1	MS Chewie throws guard & Luke fires	He fires ~~twice~~ once.
reprint 40(A)		H6X56 27322	2	MS Han throws gun to Chewie.	2 passing laser shots.
		H2X62 43039	3	MS Luke raises gun.	No lasers here.
		H6X562 7407	4	MS guard officer.	" " "
405A2013		H6X56 27268	5	MS Luke	Luke fires once.
		H6X56 27409	6	MS guard officer being shot.	1st incoming bolt leads to hit of officer. 2nd bolt (3x long) leads to 1st explosion behind him. 3rd bolt (3x long) leads to 2nd explosion. 4th bolt (3x long) passes thru frame.
		H2X62 43160	7	MS guard firing. ADD Squib	Flash-frames with red-tint scribed by ☐. Guard fires at us. Passing bolt leads to 2 more red-tinted flash frames marked by ☐. Guard fires again at us.
		H10X7 101392	8	MS Luke	3x-long passing bolt leads to 2 flash frames marked ☐. Another 3x-long passing bolt leads to 1st explosion. Luke fires once.

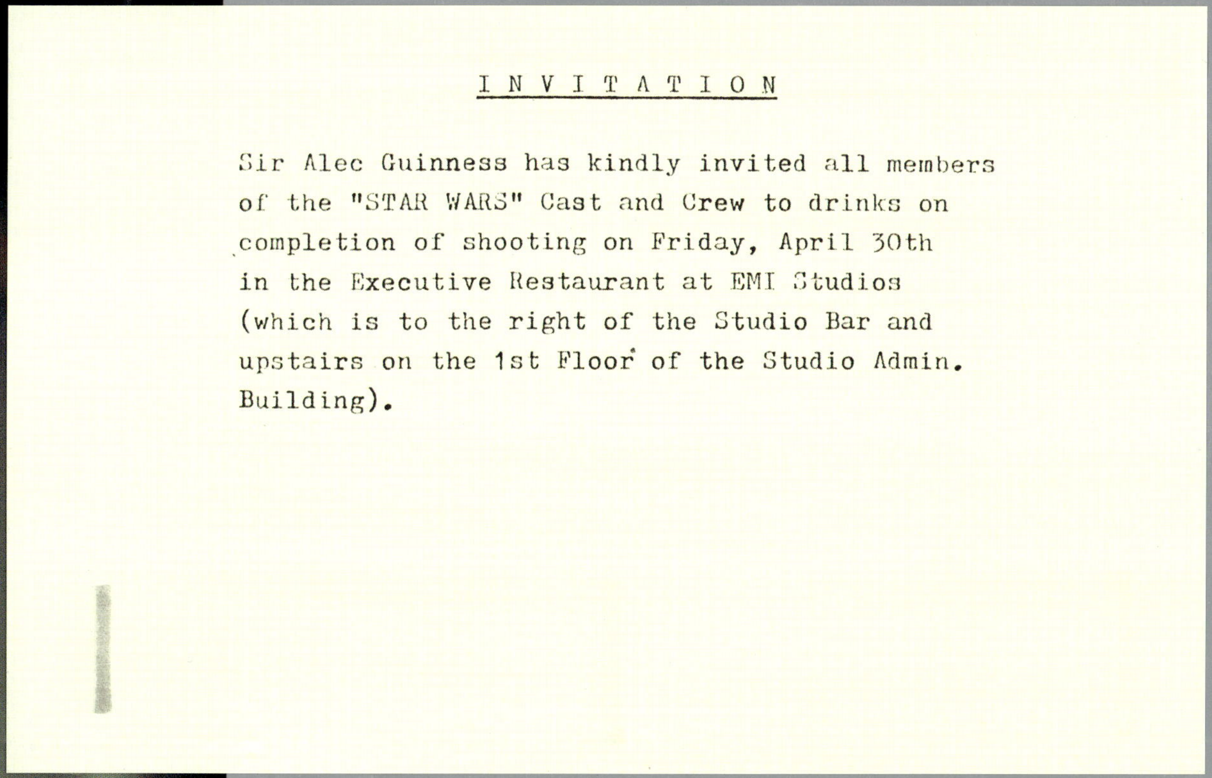

I N V I T A T I O N

Sir Alec Guinness has kindly invited all members of the "STAR WARS" Cast and Crew to drinks on completion of shooting on Friday, April 30th in the Executive Restaurant at EMI Studios (which is to the right of the Studio Bar and upstairs on the 1st Floor of the Studio Admin. Building).

DIE DÜNEN VON TATOOINE

Es dauerte lange, bis *Star Wars* die finanzielle Unterstützung des Studios erhielt, das Drehbuch für die Aufnahmen abgeschlossen, ein Budget ausgehandelt und eine zuverlässige Spezialeffekte-Abteilung aufgebaut waren, und die Produktion erwies sich auch nicht gerade als einfach. George Lucas und seinem Produzenten Gary Kurtz fiel nichts in den Schoß. Aus praktischen und Budgetgründen wurde die Entscheidung getroffen, in England in den Elstree Studios und den Shepperton Studios außerhalb Londons zu drehen. Diese Wahl brachte Schauspieler und Crew auch Nordafrika etwas näher, was sehr bequem war, weil Tunesien für die trostlosen Einöden Tatooines herhalten sollte.

Als Lucas und Kurtz schon die eigentliche Produktion vorbereiteten, arbeitete Ersterer noch hart an der vierten und endgültigen Fassung seines Drehbuches. Irgendwann während der ersten Fassung hatte Lucas begonnen, sich Filme aus dem Zweiten Weltkrieg anzusehen, und daraus eine Filmrolle mit Highlights zusammengestellt. Die benutzte er nun, um seinen Spezialisten für visuelle Effekte zu zeigen, wie »Luftkämpfe« im Weltraum seiner Meinung nach aussehen sollten. Er begann auch, Bücher über Mythologie zu lesen, wie Joseph Campbells einflussreiches *Der Heros in tausend Gestalten* und Carlos Castanedas Buchreihe über den mystischen Schamanen Don Juan. Die sich entwickelnde Geschichte besaß schon Aspekte von Mythologie und Mystik; seine Lektüre half Lucas, sie stärker herauszuarbeiten.

Gleichzeitig musste Lucas seinen Film besetzen, ein Vorgang, der Monate rascher Blicke auf hunderte von Schauspielern erforderlich machte. Lucas suchte Rat bei Fred Roos, der bereits *American Graffiti* gecastet hatte. Lucas' Freund Brian de Palma – dem für seinen geplanten Film *Carrie* das gleiche Spektrum an Schauspielern vorschwebte – war bei den ersten Auditions anwesend. Lucas bestand zwar darauf, keine *Graffiti*-Schauspieler einzusetzen, aber Roos fand, dass Harrison Ford genau die richtige Mischung aus Ernsthaftigkeit und Zynismus für die Rolle des Han Solo besaß, und stellte ihn in dem Studio, in dem das Casting stattfand, als Schreiner an – Fords ursprünglicher Beruf. Um ihm einen Gefallen zu erweisen, willigte der Schauspieler/Schreiner ein, beim Vorsprechen der anderen Schauspieler den Gegenpart zu übernehmen

1976: George Lucas unterweist Mark Hamill am Set des Todessterns (links außen), sieht mit Peter Diamond zu, wie Alec Guinness und Dave Prowse für ihren Lichtschwertkampf üben (links) und inszeniert Anfang 1977 im Death Valley mit Carroll Ballard eine Szene auf Tatooine (oben). Besetzung und Crew bekamen nicht nur einen Aufnäher mit einem frühen Star-Wars-*Logo geschenkt, sondern wurden beim Dreh von Sir Alec auch noch auf einen Drink eingeladen.*

und die ergänzenden Dialoge zu lesen. Es funktionierte. »Ich schätze, [George] sah Harrison daraufhin in einem anderen Licht«, sagte Roos. »Es machte einfach ›Klick‹ bei ihm.« Roos sah auch in Carrie Fisher die Power und das Temperament von Prinzessin Leia. Die neunzehnjährige Tochter der Promis Eddie Fisher und Debbie Reynolds hatte vorher eine kleine, aber denkwürdige Rolle in *Shampoo* gespielt. Mark Hamill, der in der Seifenoper *General Hospital* und in der Sitcom *The Texas Wheelers* aufgetreten war, füllte die Rolle des Achtung-jetzt-komm-ich-Bauernlümmels aus, der in ein erstaunliches Abenteuer hineingezogen wird.

Die meisten Hauptrollen wurden also durch relativ unbekannte Schauspieler besetzt. Die einzige Ausnahme bildete Sir Alec Guinness, der *American Graffiti* so sehr bewunderte, dass er mit Lucas arbeiten wollte, obwohl er nie zuvor in einem Science-Fiction-Film mitgespielt hatte und auch keine besondere Vorliebe für dieses Genre hegte. »Ich vertraute dem Regisseur einfach«, sagte er in einem Zeitungsinterview. Außerdem spiele er gern einen weisen alten Zauberer, der über den Helden wacht.

Der Vorstand von Fox hatte das Budget für *Star Wars* immer noch nicht bewilligt, obwohl Lucas schon fast eine halbe Million Dollar seines eigenen Geldes investiert hatte, um Industrial Light & Magic (ILM) zum Laufen zu bringen. Endlich, am 13. Dezember 1975, folgte ein noch immer skeptischer Vorstand Alan Ladds nachdrücklicher Empfehlung und gewährte ein Budget in Höhe von 7,5 Millionen Dollar – obwohl Ladd und die Kinomacher überzeugt waren, dass dieser Betrag bei weitem nicht ausreichen würde. (Das Budget belief sich zu guter Letzt auf rund 11 Millionen Dollar.)

Als die Dreharbeiten in Tunesien begannen, wurden sie von Wüstenstürmen, die Kulissen zerstörten, Robotern, die Fehlfunktionen zeigten, und einem unglücklichen Schauspieler begleitet. (Lucas hatte Guinness mitteilen müssen, dass seine Figur ungefähr in der Mitte des Films sterben würde, um der Handlung zusätzliche Spannung zu verleihen.) Außerdem war Lucas nicht gerade begeistert von den Aufnahmen, die in Tunesien entstanden waren, und wieder in England wurde alles nur noch schlimmer, weil die Crew sich als unflexibel erwies und strikt nach gewerkschaftlicher Vorgabe arbeitete. Mehrere Abteilungsleiter kamen nicht miteinander aus, und der Editor, den Lucas angestellt hatte, stellte sich als Fehleinkauf heraus und musste entlassen werden. Dann verkündete Guinness auch noch, dass er wegen der Änderungen am Drehbuch nicht mehr mitmachen wolle, bis Lucas ihn überzeugte, dass sein Obi-Wan Kenobi jetzt sogar eine noch denkwürdigere Rolle darstelle. Die Produktion hinkte dem Zeitplan hinterher und hatte das Budget überschritten, ILM lieferte seine Effekte-Aufnahmen nicht, und die Fox geriet in Panik. Endlich, am 16. Juli 1976, vierundachtzig Tage nach ihrem Beginn, wurden die Dreharbeiten in England abgeschlossen. Aber damit war die Arbeit noch lange nicht beendet. DISC ONE

INTERGALAKTISCHE SOUVENIRS

Ist die letzte Kulisse erst einmal abgebaut, sind die Kameras eingepackt und haben Schauspieler sowie Crew sich ihren nächsten Jobs zugewandt, erinnert nicht mehr viel an den Zauber, der während der Dreharbeiten herrscht. Abgesehen vielleicht von Jacken und T-Shirts, den Geschenken an Besetzung und Crew sowie Briefbeschwerern und anderen Kleinigkeiten, die jene bekommen haben, die unmittelbar an den Dreharbeiten beteiligt waren. Diese Erinnerungsstücke gehen vor allem an Personen, die an den Spezialeffekten mitwirkten, an Assistenten, Techniker und Komparsen. Handelt es sich um die Erinnerungsstücke eines *Star-Wars*-Films, wird der Beschenkte sie nicht nur als Kostbarkeit verwahren, sondern die Souvenirs werden auch zu Artikeln, für die Sammler viel Geld auszugeben bereit sind.

Obwohl es auch schon vor *Star Wars* vorkam, dass Besetzung und Crew irgendwelche Extras erhielten, verdient diese Produktion besondere Beachtung aufgrund der Menge und Art der verschiedenen Präsente. Gary Kurtz war ein großer Freund von Memorabilia. Er bestellte Prototypen solcher Dinge wie Zinnbecher mit den eingravierten Abbildungen von R2-D2, C-3PO und dem Slogan »Filmed on Earth – 1976« und einen Briefbeschwerer aus Glas mit einem schwebenden *Star-Wars*-Logo und einem Flugzeug anstelle eines X-Wing-Jägers. Während der Vorbereitungen zu *Das Imperium schlägt zurück* ließ er ILM große Flugmodelle produzieren, die er wichtigen »Freunden« der Produktion als Geschenk überreichte.

Mindestens drei verschiedene T-Shirts wurden bei den Dreharbeiten zu *Star Wars* angefertigt, darunter eines, das eine Luke-Skywalker-Zeichnung von Ralph McQuarrie zeigte, die auf den Behältern von Filmrollen, Drehbüchern und anderen Produktionsmaterialien zu sehen war. Industrial Light & Magic begründete eine Tradition schrulliger T-Shirt-Aufdrucke, etwa das eines Darth Vader, der sich in einem Holzbottich räkelt (»Das Imperium lehnt sich zurück«), einer durchgeknallten Version des bedrohlichen imperialen AT-AT-Walkers und eines tanzenden imperialen Probots, der fliegenden Spionsonde, die am Anfang von *Imperium* zu sehen ist. Ein ähnlich schräger Humor drückte sich bei allen folgenden Produktionen aus – unzählige T-Shirts und viele weitere Kleidungsstücke, die für jedes Production Department angefertigt wurden. Für *Die Rache der Sith* entstanden nicht weniger als fünfzig verschiedene Stücke, die von der Crew und anderen Mitarbeitern der Filmproduktion getragen werden konnten.

Zusätzlich zu den Kleidungsstücken erhielten Besetzung und Crew manchmal auch noch spezielle Geschenke von den Machern der Filme. Bei *Star Wars* wurden rund zweihundert Fotoalben mit Spiralbindung angefertigt, die fünfzig handbedruckte Schwarz-Weiß-Bilder von den Außenaufnahmen enthielten. Um ihren Wert noch zu erhöhen, schrieben Lucas und Kurtz ein persönliches Dankeschön auf die Rückseite des letzten Fotos im Buch. Andere bemerkenswerte Gegenstände wie sternförmige Briefbeschwerer aus Acryl, in die »Star Wars« und »May the Force Be With You« eingraviert war, gingen bei besonderen Anlässen wie der Party zu den Academy Awards 1978 an Besetzung, Crew und Gäste.

Einladungen zu speziellen Vorführungen, die für Besetzung, Crew und Medien sowie für Angestellte von Lucasfilm abgehalten wurden, waren die begehrtesten Eintrittskarten in der Stadt und sind heute von Sammlern sehr gesucht.

Unter den vielen Promotion-Artikeln befand sich 1976 auch der Prototyp eines Zinnbechers (oben links) mit dem ursprünglichen ersten Filmtitel und 1979 ein Imperium-*Untersetzer (unten links) sowie ein Pass, um Gäste an den Drehort von* Imperium *bringen zu können (unten). Fotos mit einem signierten Dankeschön waren 1976 der Renner unter den* Star-Wars-*Geschenken (Insert).*

STAR WARS

STAR WARS CORPORATION
P.O. BOX 8669
UNIVERSAL CITY, CA 91608

Thank you for your contribution to Star Wars.

George Lucas

Gary Kurtz

REPRODUCTION

Souvenirs zum Abschied: Unter all den sorgfältig gearbeiteten Erinnerungsstücken wie dem Star-Wars-*Sticker (1975), T-Shirts (1979), Briefbeschwerern (1979) und Patches (2005) gehört ein sechzig Zentimeter großes Modell eines AT-AT (links) zu den denkwürdigsten. Es ist eine exakte Nachbildung desjenigen, das in* Imperium *(1980) benutzt wurde.*

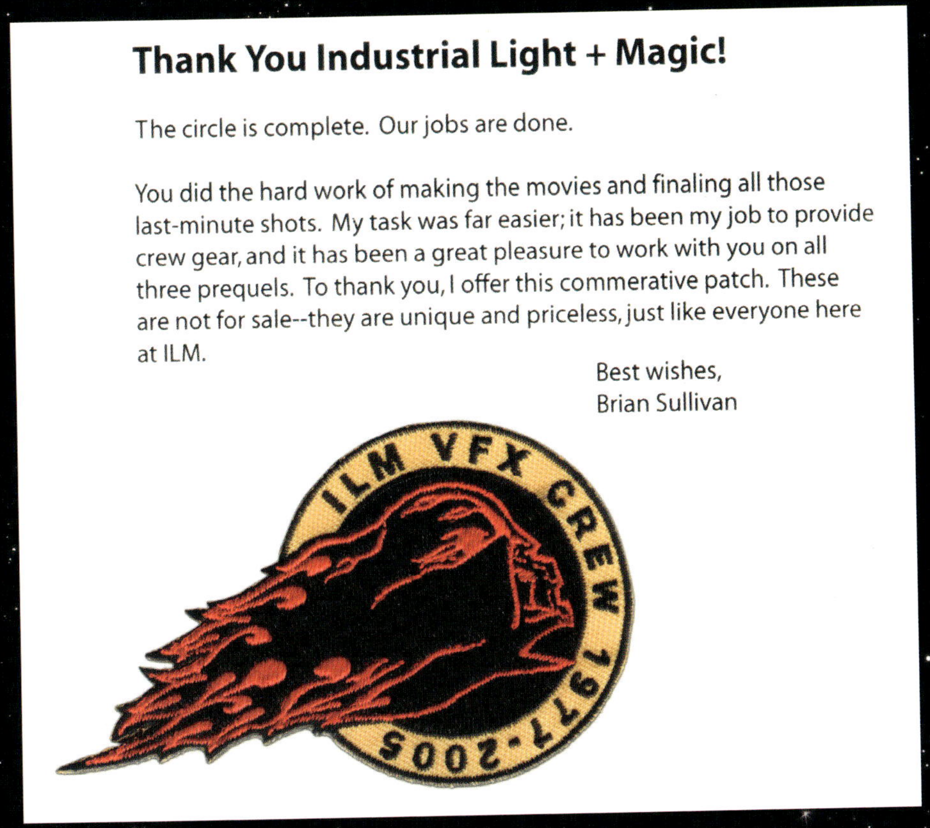

Thank You Industrial Light + Magic!

The circle is complete. Our jobs are done.

You did the hard work of making the movies and finaling all those last-minute shots. My task was far easier; it has been my job to provide crew gear, and it has been a great pleasure to work with you on all three prequels. To thank you, I offer this commerative patch. These are not for sale--they are unique and priceless, just like everyone here at ILM.

Best wishes,
Brian Sullivan

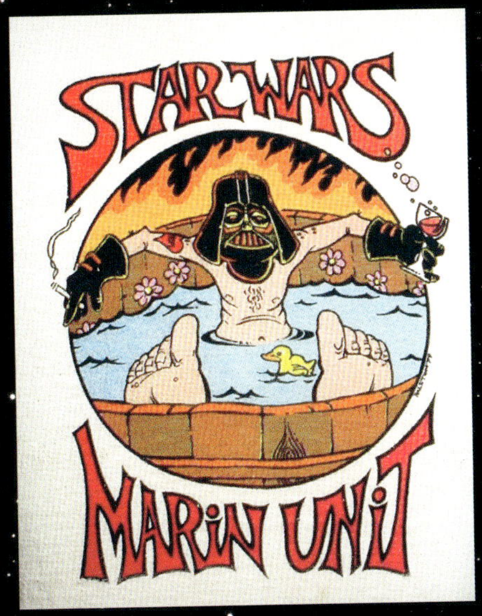

DAS FEUER WIRD GESCHÜRT

Charles Lippincott, ein Vermarkter und Merchandiser von *Star-Wars*-Artikeln, der mit Lucas die USC-Filmhochschule besucht hatte, wusste, dass Fantasie der Schlüssel zum Verkauf von *Star Wars* war. Immerhin hatten Ralph McQuarries atemberaubende Bilder dazu beigetragen, die Produktion in die richtigen Bahnen zu lenken. Also stellte er 1976 eine Diashow mit diesen Bildern zusammen, schnappte sich Joe Johnston, den Art Director von ILM, und besuchte ein Event von Fox, auf dem Kinobesitzer ihre Buchungen für 1976 vornehmen konnten. Zu diesem Zeitpunkt glaubten die Verantwortlichen noch, *Star Wars* werde in der Urlaubszeit herauskommen. Aber unter dem Eindruck von Autoren wie Sidney Sheldon (der die Romanfassung zu dem mit Spannung erwarteten *Jenseits von Mitternacht* geschrieben hatte) und Jane Fonda (dem Star von *Julia*) ignorierten die Kinobesitzer *Star Wars* völlig.

»Sie saßen praktisch auf ihren Händen«, erinnerte sich Lippincott. Nur fünfzehn Prozent der erwarteten Buchungen gingen ein – die Zukunft für *Star Wars* sah düster aus. Ihr einziger Trost bestand darin, dass *Newsweek* einen Monat zuvor McQuarries Bild eines TIE-Jäger-Cockpits in einem großen Artikel über Science-Fiction, in dem es auch um Kinofilme gegangen war, besonders hervorgehoben hatte. Der Verfasser war nicht gerade optimisch gewesen, was die Aussichten für den Film anging – er hatte ihn als einen Neun-Millionen-Dollar-Streifen über einen Haufen Jugendlicher bezeichnet, die gegen die faschistischen Unterdrücker ihrer Galaxis aufbegehrten –, aber jede Werbung war positiv, besonders da das veröffentlichte Bild das einzigartige Feeling und die unglaublichen Dimensionen wiedergab, in denen sich *Star Wars* abspielte.

Nach der enttäuschenden Reaktion der Kinobesitzer beschloss Lippincott, der ein großer SF- und Comic-Fan ist, einen anderen Weg einzuschlagen, einen Weg, der die Art und Weise, wie Hollywood seine Filme vermarktet, von Grund auf ändern sollte: Er wandte sich direkt an das potenzielle Publikum. Mit reichlich neuen Produktionsaufnahmen bewaffnet, besuchte er im Sommer 1976 drei größere Comic-Cons und einen SciFi-Con.

Twentieth Century-Fox is currently completing the filming of their latest science fiction blockbuster, *Star Wars*. Without any parts of the film even previewed yet, some

7

critics have already heralded *Star Wars* as, "... everything in science fiction you've always wanted to see on the screen but knew no one would ever put there."

Star Wars is written and directed by George Lucas, the man responsible for *THX 1138* and *American Graffiti*. Producer Gary Kurtz, working with an $8,000,000 budget, has taken *Star Wars* on location to both Tunisia and London.

Star Wars is about a galaxy-wide civil war set in the distant future when Earth and its past have been entirely forgotten. Sir Alec Guinness plays an old renegade who was a great general in the *first* Galactic Wars. Mark Hamill plays the film's starring role, Luke Starkiller—a young adventurer.

Stuart Freeman, the man who designed the spectacular ape costumes for *2001: A Space Odyssey*, has created several alien designs and makeups for *Star Wars'* large cast. In addition to its basic science-fiction format, *Star Wars* will also contain elements of fantasy.

Star Wars reportedly won't be ready for release until early 1977, but for those of you who can't wait that long to find out more, Ballantine Books plans to put out a novelization of the movie in bookstores sometime this fall.

Ein kurzer, aber positiver Artikel in der Herbstausgabe 1976 von Starlog, *einem neuen SF-Magazin (unten links), brachte den »Luke Starkiller«-Film ins Gespräch. (Als Lukes Charakter sich im letzten Entwurf anders entwickelte, änderte Lucas den reichlich aggressiven Nachnamen.) Davor gab es Bekanntmachungen auf Cons wie eine Diashow beim San Diego Comic-Con 1976. Auf diesem Con wurde auch das erste* Star-Wars-*Poster von Comic-Künstler Howard Chaykin vorgestellt (Insert). Oben links: Frühe Skizzen (1976). Auch Fox Film wies auf den Film hin – 1976 in einer Broschüre (rechts), die sich an Kinobetreiber wandte.*

From thousands of light years away come the unusual adventures of Luke Starkiller and his friends as they battle numerous villains and creatures in a galactic civil war. Young Luke is accompanied by his robot companions, R2–D2 and C-3PO; the tough star pilot, Han Solo; and the venerable old warrior Ben Kenobi. The space fantasy involves the search for a kidnapped rebel princess and a confrontation with the dark forces of an evil space empire. George Lucas, director of "American Graffiti," creates a majestic visual experience of extraordinary worlds.

STAR WARS

A STAR WARS CORPORATION PRODUCTION

Producer:
GARY KURTZ

Writer/Director:
GEORGE LUCAS

TWENTY-SIX FOR SEVENTY-SIX FROM TWENTIETH CENTURY-FOX

Der letzte größere Auftritt auf einem Fan-Con war 1976 für den World-con angesetzt (in diesem Jahr auch als MidAmericon bezeichnet), dessen Schwerpunkt SF-Literatur war. Lucasfilm präsentierte sich mit einem von Ralph McQuarrie handgemalten Banner (links) und einem sehr zugänglichen Star, Mark Hamill, dessen Autogramm (unten) in einem Programmheft Seite an Seite mit einigen der berühmtesten SF-Autoren jener Zeit erscheint.

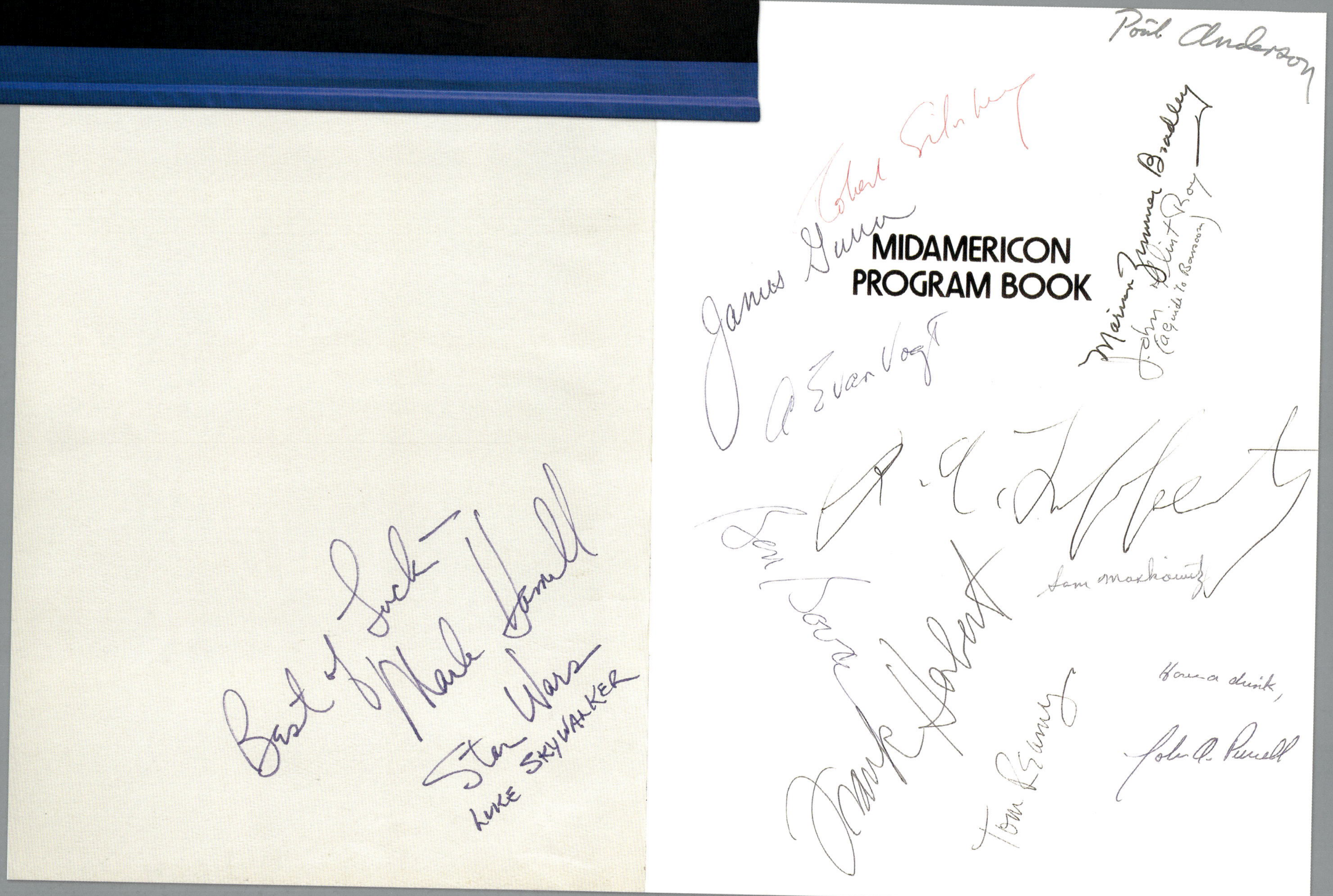

Als Erstes nahm er seine verbesserte Diashow zum Westercon in Los Angeles mit, einem Treffen, das Hardcore-SF-Fans anzog. Trotz der farbenprächtigen Präsentation und der persönlichen Vorstellung erwiesen sie sich als schwieriges Publikum. Ohne die Unterstützung von Spezialeffekte-Aufnahmen stand Lippincott einer Unzahl SciFi-Fundamentalisten gegenüber, die nicht verstanden, warum ein moderner Film mit Geräuschen im Weltraum aufwartete (anders als *2001 – Odyssee im Weltraum*), mit an Fantasy orientierten Laserschwertern und einer vermeintlich stark vereinfachenden Handlung Gut gegen Böse. Lippincott war überzeugt, dass sein Material heiß war, erkannte jedoch, dass er ein Publikum finden musste, das wohl eher Stan Lees *Marvel Comics* las als Isaac Asimovs verkopfte Science-Fiction. Marvel hatte auch schon eingewilligt, einen sechsteiligen *Star-Wars*-Comic herauszubrinen. Sein nächster Stopp war deshalb der Comic-Con in San Diego.

Die Diashow unter dem einen Arm und Exemplare des frisch gedruckten *Star-Wars*-Posters unter dem anderen, fiel Lippincott zusammen mit Marvels Contributing Editor und Autor des ersten *Star-Wars*-Comics, Roy Thomas, sowie seinem Vorzeichner Howard Chaykin Ende Juli über die Gemeinde her. Beide waren regelrechte Götter in der Welt des Comic-Fandoms, und Lippincott hatte Chaykin gebeten, ein Poster für den Con zu gestalten, etwas, das den Geist des Films einfing, aber auch ein Comic-Publikum ansprach. Diesmal kam die Diashow bei fast allen gut an, und die Fans waren begeistert.

Der letzte Stopp auf ihrer Tournee war Kansas City, wo der Großvater aller Cons stattfand, die World Science Fiction Convention, auch Worldcon genannt, der seit 1939 jedes Jahr abgehalten wird. In dem Wissen, dass das Konzept des Films bei dieser Fangruppe richtig einschlagen musste, bemühte Lucasfilm sich nach Kräften, einen Hauch von Hollywood-Glamour in die normalerweise gesetzte Umgebung zu tragen. Diesmal brachte Lippincott Produzent Gary Kurtz und den Filmstar Mark Hamill mit und ließ einen ganzen Konferenzraum mit Kulissen, Kostümen und Bildmaterial ausstatten. Anders als beim Westercon zeigten sich die Con-Besucher von Lippincotts Präsentation beeindruckt, und die Ausstellung wurde ein voller Erfolg. Diese bahnbrechenden Bemühungen, die Fangemeinde zu erreichen, führten zu einer brodelnden Gerüchteküche und zahlten sich enorm aus, als *Star Wars* im folgenden Sommer auf die Leinwand kam.

Auf dem Worldcon 1976 bekamen die Fans zum ersten Mal echte Kostüme und Requisiten von Star Wars *zu sehen, zusammen mit Fotos aus der Vorproduktion (oben rechts). Bei einer Präsentation beantworteten Marketingspezialist Charles Lippincott, Produzent Gary Kurtz und Schauspieler Mark »Luke Skywalker« Hamill (von links) Publikumsfragen.*

EINE KAMPAGNE ENTWICKELN

Während Lucasfilm schon im Sommer auf Fan-Cons seine *Star-Wars*-Kampagne präsentierte, lief in der sehr wichtigen Urlaubszeit im Winter schließlich auch Fox' eigene Werbung an. Am Thanksgiving-Wochenende 1976 sahen die Kinobesucher die ersten Poster von *Star Wars* in den Foyers, ein funkelndes Motiv, das Chrom auf Schwarz die nebulöse Botschaft verbreitete: »KOMMT DIESEN SOMMER IN IHRE Galaxis: STAR WARS«. Das Kleingedruckte auf dem Poster wurde auch nicht viel deutlicher: »Die Geschichte eines Jungen, eines Mädchens und eines Universums.« Fox schien keine Ahnung zu haben, wie sie Lucas' »Weltraummärchen« vermarkten sollte, ein Problem, das mit jedem weiteren intern gefundenen Motto deutlicher wurde: »Eine Odyssee bis an den Rand Ihrer Vorstellungskraft und darüber hinaus. Weit darüber hinaus« oder »Im Jahr 3000, wenn Sternenschiffe mit Überlichtgeschwindigkeit durch die Galaxis rasen …«

Die Reaktionen auf den ersten Vorab-Trailer waren widersprüchlich. Während Fox den Trailer aufgrund des Urteils einiger Schauspieler, die ihn gesehen hatten, als Fehlgriff abtat, erreichten den für Lucasfilm tätigen Lippincott großartige Kritiken durch den fünfundzwanzigjährigen Mark Hamill, der mit einem Kinobesitzer die Vereinbarung getroffen hatte, seine Freunde den Trailer sehen zu lassen, wann immer er lief, auch wenn sie anschließend wieder gingen. »Ich begab mich danach zu Fox und sagte: ›Hören Sie, ich weiß, dass Buck Henry und Gene Wilder und wie sie alle heißen das nicht gern hören werden, aber denen verkaufen wir den Film auch nicht‹«, erinnerte sich Lippincott. »Wir verkaufen den Film den Kindern.« Dennoch begann Fox, den Trailer Anfang 1977 in aller Stille wieder aus den Kinos zu nehmen. Durch die geringe Leinwandpräsenz und den ausbleibenden Medienrummel zeichnete sich im Frühjahr eine große Null in Sachen *Star-Wars*-Promotion ab. »Es gab im Marketing [der Fox] einfach niemanden, den wir überzeugen konnten, dass dieses Projekt das Potenzial für ein breites Publikum hatte«, sagte Produzent Gary Kurtz.

Selbst gute Nachrichten können den Anschein von schlechten erwecken. Die Taschenbuch-Romanfassung von *Star Wars* – die die Aufmerksamkeit auf den Film lenkte – war schon im Februar 1977 mit 125 000 Exemplaren komplett ausverkauft, aber der Verlag beschloss, mit einem Nachdruck bis zum Erscheinen des Films zu warten. Der erste *Star-Wars*-Comic von Marvel sollte erst im März ausgeliefert werden.

»Wir haben eine Menge Energie in das Marketing gesteckt, und viel davon stemmten wir selbst«, meinte Kurtz. »In mancher Hinsicht unterstützte uns Fox, in anderen Bereichen war sie weniger entgegenkommend, weil das für sie völliges Neuland war.« Also stellte Lucasfilm, von der fehlenden Öffentlichkeit frustriert, eine großformatige Vierfarb-Hochglanzbroschüre zusammen, in der die atemberaubenden Kostüme, Settings, die Hardware und Effekte abgebildet waren. Obwohl die Broschüre hauptsächlich darauf abzielte, die Kinobesitzer zu Buchungen zu veranlassen, erklären viele der ersten *Star-Wars*-

Lizenznehmer (wie der Maskenhersteller Don Post Studios), dass diese Broschüre der einzige Grund für sie war, zum Telefon zu greifen und sich nach der Möglichkeit einer *Star-Wars*-Lizenz zu erkundigen. Das Layout der Broschüre wurde als so gut empfunden, dass es sogar in nur leicht veränderter Form noch einmal als Programmheft herauskam, das nach der Premiere verkauft wurde. Allerdings konnte auch das *Star Wars* nicht in die Kinos bringen.

Star Wars *war für seine Zeit ein so ungewöhnlicher Film, dass Twentieth Century Fox 1977 Probleme mit den Werbetexten hatte. Kinobetreibern versprach Fox ein »erhabenes visuelles Erlebnis« (links außen), Kampagnenentwürfe bezeichneten den Film als eine »Odyssee« (links) und »die seltsamste Welt, die jemals erschaffen wurde« (unten). Partner wie Dolby Sound halfen mit eigenen Anzeigen aus (rechts).*

VON VERDRUSS ZU BEGEISTERUNG

Anfang 1977 begriff die Fox, dass sie Probleme hatte. Nicht nur, dass die Kinos sich gegen einen Science-Fiction-Film sträubten, der toter als tot war, das Studio konnte auch kein Kino in Hollywood finden – nicht ein *einziges* –, das bereit gewesen wäre, die Premiere auszurichten. »Damals startete man in zwei Kinos in Los Angeles«, erinnerte sich Lippincott. »Man startete in Westwood, also einem größeren Kino am oder unweit des Westwood Boulevard, und man startete in einem Kino in Hollywood.« Ohne das Prestige, das mit einer Premiere in Hollywood verbunden war, würden die Medien oder, schlimmer noch, die Zuschauer *Star Wars* vielleicht als einen eher unbedeutenden Film abtun.

Einen Monat vor der Premiere von *Star Wars* am 25. Mai 1977 organisierten Lucasfilm und Fox in einem Kino in Northpoint, San Francisco, eine Probevorführung, um die Reaktion des Publikums auf den Film abzuschätzen und mehr Einblick zu bekommen, wie man ihn vermarkten könnte. Es waren viele Mitarbeiter von Lucasfilm sowie der Fox-Präsident Alan Ladd jr. anwesend, der seinen Ruf aufs Spiel gesetzt hatte, als er zwei Jahre zuvor grünes Licht für *Star Wars* gab. Niemand wusste, dass sich auch einige Insider von Columbia Pictures eingeschlichen hatten, die ihrem Studio später berichteten, dass das Testpublikum über *Star Wars* völlig außer sich geraten war. Alle Anwesenden waren von der Reaktion der Zuschauer überrascht; nicht einmal George Lucas war auf diese ungezügelte Begeisterung gefasst gewesen. Ladd war den Tränen nahe, vermutlich überwältigt von einer Mischung aus schwindelerregender Aufregung und äußerster Erleichterung.

»Es lief ziemlich gut«, erinnert sich Kurtz. »Wir hatten Preview-Fragebogen ausgegeben, aber das war eigentlich Zeitverschwendung gewesen. Ich glaube nicht, dass Fragebogen überhaupt etwas bringen ... Wenn man bei der Vorführung einfach dasitzt und zuhört, bekommt man eine recht gute Vorstellung davon, ob die Zuschauer den Film mögen oder nicht und worauf sie reagieren.«

Ladd war nicht der Einzige, der bei der Vorführung in Tränen ausbrach. Ein kleiner Junge im Publikum war entsetzt, dass Darth Vader am Anfang des Films den Rebellenoffizier umbringt, und Lucasfilm benutzte diesen Vorfall als Munition, als die Bundesprüfstelle zur Altersfreigabe *Star Wars* ein »G« gab, das sichere Todesurteil für jeden Film, der sich an Teens und junge Erwachsene wendet. Die Prüfstelle überlegte es sich anders und gewährte eine »PG«-Einstufung.

Nachdem die Leute von Lucasfilm sich unermüdlich mit der Anfrage an Kinos gewendet hatten, ob sie nicht die Premiere von *Star Wars* übernehmen wollten, kamen sie endlich zum Zuge, als die Produktion des Films *Atemlos vor Angst* sich verzögerte und abzusehen war, dass er nicht rechtzeitig in Ted Manns berühmtem Chinese Theatre in Hollywood vorgeführt werden konnte. Lippincott gelang es, den Besitzer zu überzeugen, *Star Wars* zu zeigen, bis *Atemlos vor Angst* einen Monat später fertig sein würde.

Zu diesem Zeitpunkt hatte sich das Blatt gewendet. *Star Wars* spielte in den ersten dreißig Tagen im Chinese Theatre die gewaltige Summe von 670 000 Dollar ein, und nur zögernd gab Mann den Film an das weniger prestigeträchtige Hollywood Theatre weiter. Es gelang ihm jedoch, *Star Wars* nach den vergleichsweise unspektakulären Aufführungen von *Atemlos vor Angst* wieder zurückzuholen. Die Rückkehr von *Star Wars* ins Chinese Theatre wurde von Menschenmengen begleitet, die Zeuge wurden, wie drei berühmte Figuren aus der *Star-Wars*-Galaxis – Darth Vader, R2-D2 und C-3PO – vor dem gefeierten Hollywood-Kino ihre Fußabdrücke im nassen Beton hinterließen.

Als schließlich alle Elemente von Star Wars *zusammenkamen und mehr Medienaufmerksamkeit einsetzte, erhöhten sich die Chancen des Films. 1977 erfolgte eine Probevorführung im Northpoint Theatre in San Francisco, das damals* Slap Shot *zeigte. Dabei wurde das Publikum gebeten, einen Fragebogen auszufüllen (rechts außen und Insert). Alan Ladd jr. von Fox (oben rechts, 1976 im Gespräch mit George Lucas) sollte recht behalten, als die Massen in die Kinos drängten. (Rechts) Eine Eintrittskarte für eine Privatvorführung in den MGM Studios.*

SPECIAL PRIVATE SCREENING

STAR WARS

MONDAY, MAY 2, 1977 – 7:30 P.M.

MGM SCREENING ROOM, MGM STUDIOS

10202 W. WASHINGTON BLVD., CULVER CITY

ADMIT ONE

STAR WARS

YOU
ARE INVITED
TO OUR ONLY
PREVIEW SCREENING OF
STAR WARS
A LIVE-ACTION FANTASY ADVENTU
FILMED IN
ENGLAND, TUNISIA AND GUATEMALA
TO BE RELEASED BY 20TH CENTURY-
WE WELCOME YOUR COMMENTS
SUNDAY
MAY 1, 1977

Darth Vader

Hersteller das zweite »e« bei »Wookiees« wegließen. Einen ähnlichen Fehler gab es bei den Buttons, Aufnähern und Shirts mit dem Schriftzug »Darth Vadar Lives« (Darth Vadar lebt). In einem Fox-Newsletter stand in einem kleinen Kasten auf der Titelseite zu lesen, dass durch den Erfolg des Films der Aktienwert der bisher finanziell angeschlagenen Firma in die Höhe geschnellt war.

Geschichten von einzigartigem Fanverhalten füllten die Medien, und der Fox-Newsletter berichtete über alles: In Honolulu harrten die Fans während eines zweistündigen Orkans aus, um ihren Platz nicht zu verlieren. Die Kinos in Philadelphia berichteten, dass sie Anrufe von New Yorkern erhielten, die sich nach den Aufführungszeiten erkundigten, in der Hoffnung, dass die Schlangen neunzig Meilen südlicher kürzer wären (sie waren es nicht). Eine Hochschwangere rief bei der Fox an und sagte, wenn ihr Kind ein Junge werde, wolle sie ihn R2-D2 nennen. Die Zeitschriften begannen, Bilder aus *Star Wars* auf den Titelseiten zu bringen, selbst wenn die Artikel im Inneren nichts mit dem Film zu tun hatten. Karikaturisten amüsierten sich über diese neueste Torheit.

Der Film, von dem George Lucas befürchtet hatte, er würde das Ende seiner Karriere bedeuten, hatte eindeutig etwas in der Psyche der Amerikaner zum Klingen gebracht. Bis heute hat der erste Film der sechsteiligen Saga allein in den USA und Kanada 461 Millionen Dollar eingespielt. Dieser Betrag wird bisher nur von *Vom Winde verweht* übertroffen.

Obwohl Star Wars *in manchen Kinos monatelang gelaufen war, wurde der Film im Juli 1978 und dann erneut 1979 (Anzeige links), 1981 und 1982 wiederaufgenommen – stets mit großem Erfolg. Der Film und seine Figuren wurden sofort zu Ikonen, die in den Comic-Strips von Zeitungen auftauchten (unten ein Cartoon von 1977) und auf hunderten Titelbildern von Zeitschriften (rechts, 1977) – die teilweise gar nichts mit Filmen zu tun hatten. Erste Promotion-Artikel wie der Stoßstangenaufkleber wiesen Druckfehler auf (rechts). Der Vertrieb von Twentieth Century Fox erhielt durch den Film gewaltigen Aufwind, wie der interne Newsletter 1977 ausgiebig und begeistert verkündete (Insert).*

WOOKIES
NEED LOVE TOO
Volume 2, Number 6
20th CENTURY FOX
June 1977
Focus On Fox
HONDA'S TYPE II - PRODUCTION PROTOTYPE?
DIRT BIKE
OCTOBER 1977
THE 390 AUTOMATIC-
HUSKY'S WEAPON FOR THE MOTOCROSS STAR WARS
PLUS-
·THE SUPERBOWL IN HEATS
·125 USGP
·"BIMBO" PART TWO
DARTH VADER & 'DROID
WARREN MAGAZINE
STAR WARS: WHAT SCI-FI EXPERTS SAY ABOUT IT: page 26
FAMOUS MONSTERS
FAMOUS MONSTERS #138
ALL ABOUT THE AMAZING NEW DR. MOREAU! page 32
SPECIAL GIANT SUMMER ISSUE!
SEE THE VAMPIRE KILLERS! page 56
A LOOK AT THE GOLDEN YEARS OF TERROR-VISION! page 6
STAR WARS MAIL ORDER ITEMS page 50
We zap... STAR WARS
...slap THREE'S COMPANY
...scrap PUBLIC SERVICES
...flap MODERN HIGH SCHOOLS
...and rap RECENT BEST-SELLERS
No. 196 Jan. '78
MAD
60¢ CHEAP

Independent-Journal

Vol. 118 | $3.25 A month by carrier | 15c Per copy | San Rafael, California, Monday, September 25, 1978 | Telephone 454-3020 | No. 160

By Peter Schwab

Darth Vader of the film 'Star Wars' battled the heat Sunday as he led San Anselmo parade past sunbaked crowd

Even outer space bad guys swelter in Marin

It was so hot Sunday in Marin County that even Darth Vader couldn't take it, but the weatherman said the Bay Area's natural cooling system may switch back on by Tuesday, ending the unseasonable heat wave.

Along with the still, hot air in which flags hung limply and people sought any kind of cool relief they could think of, the smog level rose alarmingly, with the first "first-stage alert" issued in the Bay Area in two years.

Temperatures rose to the high 90s in Marin and Southern Sonoma counties Saturday and Sunday, and a resident at normally chilly Bolinas reported it was 100 degrees there Sunday.

In San Anselmo, where the annualy Country Fair parade was held Sunday, firemen treated 15 persons for heat-related collapses, including Darth Vader, "Star Wars" villain who acted as grand marshal for the parade.

Firemen said Vader was mobbed by autograph seeks after the 2 p.m. parade, and he was given a saline solution to restore his body water level.

It was 94 in San Anselmo, and other high temperatures reported Sunday included San Rafael, 96; Novato, 96; Petaluma, 99; Sausalito, 96; Olema, 94; and Woodacre, 95.

There were a number of heat victims Sunday at Sears Point race-track, where two drivers and an unknown number of spectators at the Pacific Coast Road Racing Championship runoffs collapsed.

As people fled in search of cool spots, Highway 101 was jammed, and when motorists started heading home in the evening, the highway looked like a Monday morning commute scene.

Even more jammed was Panoramic Highway, where it took some people an hour and a half to drive over the hill to get to Stinson Beach or the Point Reyes National Seashore.

Rangers at both parks reported "exceptionally heavy" crowds during the weekend, with visitors arriving earlier in the day than normally.

A few people found relief in almost-deserted, but nonetheless air-conditioned, department stores or movies.

As flags hung limply and cold drinks were swigged, the unusual weather pattern also brought heavy smog to add to the discomfort.

"We have a strong inversion and no winds," said Ted McHugh, spokesman for the Bay Area Air Pollution Control District.

The U.S. Weather Service explained the situation by saying there are high pressure areas on either side of California keeping out the usual breezes and cooling fog from the ocean and trapping the heat on the eastern part of the state.

However, the weatherman predicted that morning fog will return to coastal areas Tuesday, with a cooling trend expected.

While Marin and Sonoma counties' usually blue skies resembled the dreary tan of Southern California today with the worst smog yet of the heat wave, things were even worse in Los Angeles.

Southern Californians braced for several more days of scorching heat while firefighters battled blazes whipped by Santa Ana "devil winds."

The mercury shot up to a record 106 degrees Sunday in downtown Los Angeles, upsetting the previous high of 102 for the date set in 1972. Highs near 105 were predicted for today.

Firefighters had their hands full with blazes stirred up by winds.

About 100 firefighters were rushed into a rugged canyon about three miles north of Ojai early today to battle a brush fire in Los Padres National Forest, said U.S. Forest Service spokeswoman Marilyn Shaw.

The fire had charred more than 100 acres before daybreak and forced the closure of Highway 33, she said.

Winds of up to 35 mph whipped the flames through the night, Ms. Shaw said, "but it's calmed down quite a bit."

DIE NACHFRAGE BEFRIEDIGEN

Heute hört man von Filmen schon lange, bevor sie zu sehen sind. Teure Marketing- und Publicity-Feldzüge – sogar Merchandising-Kampagnen – gehen der Premiere eines Filmes auf vielleicht dreitausend (oder mehr) Leinwänden voraus. Und dann, nach etwa vier Wochen, scheinen die meisten Filme wieder in der Versenkung zu verschwinden. Als *Star Wars* auftauchte, herrschte jedoch eine gewisse Leere. Statt die Nachfrage erst schaffen zu müssen, verbrachten die Vermarkter und Merchandiser ein Jahr mit einer regelrechten Aufholjagd, was gewiss zur Langlebigkeit des Films beitrug.

Ungefähr fünf Wochen vor der Premiere von *Star Wars* bot Factors Etc., ein kleiner Hersteller aus Delaware, dem Leiter der Lizenzabteilung von Fox, Marc Pevers, 100 000 Dollar, um *Star-Wars*-Poster, bedruckte T-Shirts, Aufnäher und Buttons produzieren zu dürfen. »Wir dachten, dass die entweder genau wissen, was sie tun, oder total durchgeknallt sind«, sagte Lippincott. Obwohl es sich für die Verhältnisse von 1977 um ein sehr großzügiges Angebot handelte, waren Fox und Lucasfilm jedoch eher an schnell vermarktbaren Merchandising-Artikeln interessiert. Nachdem die Öffentlichkeit *Star Wars* so fieberhaft aufgenommen hatte, wurden die sehr eingängigen Abbildungen auf diesen Artikeln im Wesentlichen zu mobilen Plakatwänden und kündigten im kleinstädtischen Amerika das Eintreffen des Films schon Wochen im Voraus an.

Als Mitte Juli *Star Wars* auch in kleineren Städten anlief, schickte Fox seine beliebteste Posterfigur, damit sie Aufmerksamkeit weckte und Pressemeldungen veranlasste. Ein kostümierter Darth Vader, meistens der Schauspieler Kermit Eller in seiner Originalkluft, die auch im Film benutzt worden war, erschien in Spielzeugläden, auf Paraden und zu besonderen Anlässen im ganzen Land und signierte Schwarz-Weiß-Fotos von Vader, die kostenlos an Jugendliche verteilt wurden. Radiosender begannen, die erste Werbung auszustrahlen, die einige sehr dubiose Zeilen enthielt:

»Erschrecken Sie nicht. Es ist nur der Todeshauch des Dunklen Lords. Haben Sie keine Angst. Es ist nur eine Kneipenschlägerei im Hyperraum. Noch nie zuvor in der Geschichte des Films wurde so viel Zeit und Technik darauf verwendet, einfach nur Spaß zu haben!« DISC ONE

Wenn die Zuhörer nicht auf den Gedanken verfielen, dass der Hauptschurke des Films ein Pfefferminzbonbon benötigte oder dass es in dem Film um Schlägereien zwischen betrunkenen Astronauten ging, kauften sie der Werbung vielleicht die Masche ab: »Wir haben so viel Geld ausgegeben, also seht euch bitte unseren Film an.« Auf jeden Fall sorgte diese Werbung dafür, dass der Film lange, lange Zeit auf den Leinwänden zu sehen war; noch am 28. Mai 1978 wurde er in genügend Kinos gespielt, um eine eintägige Geburtstagskampagne zu rechtfertigen, mit einem eigens entworfenen Poster.

Zu Werbezwecken schickten Lucasfilm und Fox die populärste Figur auf Tournee: Darth Vader. Mit einem Originalkostüm aus dem Film besuchte »Darth« Presseveranstaltungen, Kinos und Einkaufszentren überall in den USA, signierte und verteilte Szenenfotos (links, 1979). Tausende Briefe von Kindern, die um die Fotos anderer Figuren baten, wurden gerne beantwortet (oben, 1979), wobei ein Droide seinen Namen natürlich stempelte und nicht unterschrieb. Manchmal wurden Figuren auch eingesetzt, um erste Merchandising-Artikel wie den T-Shirt-Aufbügler zu bewerben (Insert, 1977), der wegen des falschen Logos rasch ersetzt wurde. (Auf dem gelben T-Shirt der Sturmtruppler, rechts, ist das Logo richtig, aber beachten Sie den infamen Druckfehler in Vaders Namen!)

ECHTE GOODIES

Wenn einem über Vierzigjährigen beim Anblick einer knapp acht Zentimeter großen Actionfigur von Darth Vader oder Han Solo Tränen in die Augen treten, sagt das nicht nur etwas über die anhaltende Kraft von *Star Wars* aus, sondern auch darüber, wie Millionen Kinder bei ihrer ersten Begegnung mit der Saga gefühlsmäßig reagierten. Seit 1977 wurden alle möglichen *Star-Wars*-Artikel gekauft, aber Spielzeug war bei Kindern und Erwachsenen der größte Renner.

Das *Star-Wars*-Spielzeug ebnete den nächsten Filmen erst den Weg. Doch bevor der riesige Sternenzerstörer auf der Leinwand seine Triebwerke zündete, hatte es noch nie eine erfolgreiche Spielzeugkollektion gegeben, die auf einem Kinofilm beruhte. Kein Wunder also, dass die Spielzeugfirmen nicht das geringste Interesse zeigten, als ihnen im Februar 1977 auf der New York Toy Fair der Film vorgestellt wurde. Die Mitarbeiter von Fox und Lucasfilm wurden bei der Mego Corporation, den Herstellern von *Star-Trek-* und Superheldenfiguren, sogar buchstäblich hinausgeworfen – ein Fehler, den die Firma bald bereute.

Aber eine kleine Gruppe selbstständiger SciFi-Fans, die Spielzeug für Kenner Products entwarf, schnappte die Gerüchte über *Star Wars* auf. Lucas' *THX 1138* war auf dem College einer der Lieblingsfilme des Designers Jim Swearingen gewesen, und nachdem er in dem Magazin *Starlog* einen kurzen Artikel über Lucas' neuen Film gelesen hatte, überredeten er und seine Kollegen Fox dazu, ihnen ein Drehbuch und Szenenfotos zu schicken. X-Wing-Jäger, Bösewichte in weißer Rüstung und eine schelmische Prinzessin mit Geheimplänen! Sie fuhren voll darauf ab. Genau wie Bernie Loomis, der Präsident von Kenner, der nach dem *Sechs-Millionen-Dollar-Mann* auf der Suche nach dem nächsten Trend war.

Da bei Spielzeug vom Entwurf bis zu dem Zeitpunkt, an dem die Läden es in die Regale stellten, zwischen zwölf und achtzehn Monate vergehen können, war Kenner jedoch einfach nicht vorbereitet auf die Flut an Nachfragen, die nach der Premiere des Films über sie hereinbrach. Die Firma beeilte sich zwar, einige Puzzles und Brettspiele herauszubringen, aber sie verpasste die lukrative Verkaufssaison während der Urlaubszeit. Also beschloss Loomis – gegen den dringenden Rat seiner Werbeagentur und der Marketingabteilung –, sechshunderttausend leere Schachteln auszuliefern. Eigentlich waren sie gar nicht leer. Für rund zehn Dollar bekam man einen Gutschein, der einem garantierte, dass man die ersten vier Actionfiguren zugeschickt bekam, sobald sie in wenigen Monaten herauskamen. Außerdem enthielten die Schachteln eine »Bühne« aus Pappe für die Figuren, eine »Fanclub«-Karte und mehrere Aufkleber. Die Medien hauten Kenner in die Pfanne, aber Loomis verstand das einfach nur als weitere wertvolle Publicity.

Nun da die Konsumentennachfrage nicht befriedigt wurde, sprangen unzählige Schwarzhändler und Designer in die Bresche, die auf das schnelle Geld aus waren. Zahlreiche Produkte ließen sich leicht herstellen, wie Poster, Aufnäher, Buttons und T-Shirts, die oft auf Fan-Treffen oder in Direct-Mail-Katalogen verkauft wurden. Größere Firmen nahmen alte Modelle aus ihrem Programm und versahen sie mit neuen Namen, machten aus simplen Taschenlampen Kreationen wie Laserschwert, Star Force Dagger, Space Sword und vieles andere mehr.

Als schließlich 1978 echte Actionfiguren, Raumschiffe, Spielesets, Lichtschwerter und Plüschfiguren in den Spielzeugläden eintrafen, war *Star Wars* alles andere als vergessen; entweder lief der Film noch in den Kinos oder er war wieder ins Programm genommen worden, um den weiterhin unersättlichen Hunger der Öffentlichkeit zu stillen. Dass Kinder so viele Figuren und Raumschiffe aus dem Film mit nach Hause nehmen konnten, bedeutete, dass sie ihn mit Freunden nachspielten und ihrer Fantasie beim Ausdenken neuer *Star-Wars*-Geschichten freien Lauf ließen. In den Jahren vor dem Heimvideo half das Spielzeug, die Zuneigung und Loyalität einer neuen Generation treuer Fans zu begründen, von denen viele schließlich das *Star-Wars*-»Gen« an ihre eigenen Kinder weitergaben.

Trotz anfänglicher Schwierigkeiten – was an Weihnachten 1977 zu der berühmten »leeren Schachtel« führte – entwickelte Kenner Products eine große Bandbreite an Star-Wars-Spielzeug, die von Actionfiguren bis zu einem Plüsch-Chewbacca reichte (links, 1978). 1977 versorgte Kenner Lucasfilm auf jeder Entwicklungsstufe mit »vertraulichen« Designfotos (unten; Stempel unleserlich) und bewarb ihre Kollektion mit Mini-Broschüren, die dem Spielzeug beilagen (oben), im Februar 1978 auch auf der New York Toy Fair (rechts).

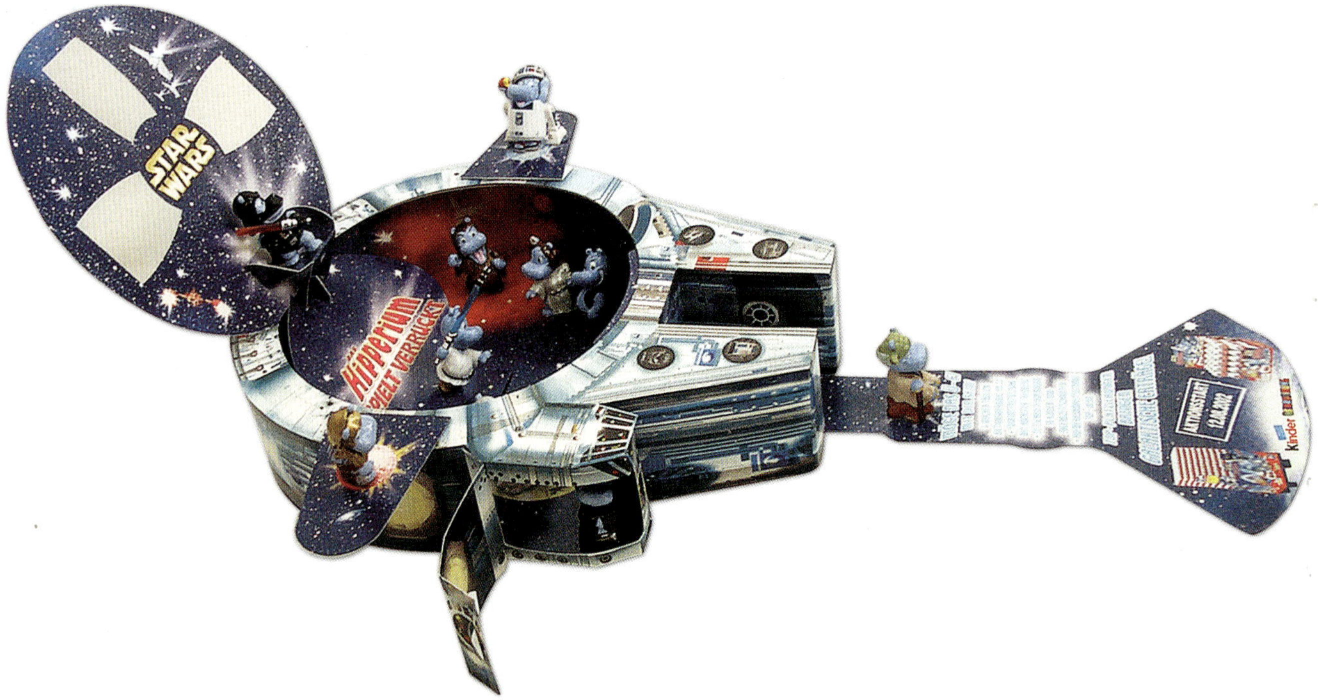

Star Wars war international stark vertreten, mit Spielzeug, Verpackungen und Promotion. In Europa kamen beim Start von Jedi Actionfiguren mit dreisprachigen Karten heraus (rechts, 1983). Eine deutsche Werbekampagne für Episode II (oben rechts, 2002) verwandelte zehn Filmfiguren in »Happy Hippos«. In Spanien (oben links, 1983) wurden in Zahnpastaverpackungen siebzig verschiedene Actionfiguren angeboten, und Kanada trug einen Plüsch-Jawa bei (oben, 1977).

DIE EROBERUNG NEUER WELTEN

Im Jahr 1977, als es noch kein Internet, keinen Markt für DVD-Raubkopien und erst wenige private Videorekorder gab, konnte *Star Wars* sich noch langsam und schrittweise auf den internationalen Märkten vorarbeiten und sich bis zu vier Jahre Zeit lassen, um auch in Südamerika und Asien bekannt zu werden. Nach der Premiere am 25. Mai in Amerika erlebte der Film im Juni auf den Philippinen seine erste Aufführung und anschließend im Oktober in Italien, Frankreich und einigen anderen Ländern.

Es dauerte jedoch sieben lange Monate, bis *Star Wars* endlich auch im Vereinigten Königreich gezeigt wurde, und zu diesem Zeitpunkt war der Nachholbedarf so groß, dass der Film durch die britischen Kinos und die britische Popkultur fegte wie eine Yankee-Version der Beatlemania. Das British Film Institute schätzt, dass *Star Wars* im Vereinigten Königreich zwanzig Millionen und achthunderttausend Eintrittskarten verkaufte; damit nimmt es hinter *Vom Winde verweht, The Sound of Music* und *Schneewittchen und die sieben Zwerge* den vierten Platz ein. Das Vereinigte Königreich war begeistert davon, dass *Star Wars* hauptsächlich auf britischem Boden gedreht worden war und dass vier seiner Hauptpersonen –

Wegen ihrer langen Comic-Tradition beschloss Fox Italien, Star Wars *mit einem knalligen Comic-Art-Poster zu bewerben (links, 1977). In Mexiko zeigte ein Satz von acht Lobbykarten das gleiche Farbfoto, aber unterschiedliche Schwarz-Weiß-Szenen (oben, 1978). Im Vereinigten Königreich wurden Letraset-Rubbelbilder von* Star Wars *angeboten (Insert, 1978).*

Obi-Wan Kenobi, R2-D2, C-3PO und Darth Vader – von Briten gespielt wurden, wenn die Schauspieler ihren Figuren auch nicht in allen Fällen die Stimme liehen. Und den Soundtrack hatte das Londoner Sinfonieorchester unter der Leitung des Komponisten John Williams aufgenommen. *Star Wars* war vielleicht eine amerikanische Produktion, aber es marschierte nach britischem Trommelschlag.

Im Februar 1978 erreichte *Star Wars* als *Krieg der Sterne* auch Deutschland und inspirierte einige Kinos dazu, für ihre Lobbies gewaltige Wandgemälde anfertigen zu lassen, die in ihrer Größe und Pracht allen anderen Filmplakaten die Show stahlen. Ende 1978 hatte *Star Wars* nahezu fünfzig Länder erreicht. Im Gegensatz zu heute, wo die meisten Filmkampagnen auf der ganzen Welt sich haargenau gleichen, führte die internationale Aufführung zu einigen äußerst kreativen Plakaten. Eines der ungewöhnlichsten *Star-Wars*-Plakate kam 1991 aus der früheren Sowjetunion, als der Film dort erstmals in den Kinos gezeigt wurde. Auf einem der Plakate starrt einem ein Darth Vader entgegen, der irgendwie einem Puma merkwürdig ähnlich sieht, während auf einem anderen eine Collage aus Mikrochips einen »Space Cowboy« bildet.

Desgleichen wurde das *Star-Wars*-Merchandising international immer mit der Beliebtheit der Kinofilme verknüpft und für jeden Markt entsprechend zugeschnitten. Im Vereinigten Königreich waren beispielsweise Schulartikel erheblich beliebter als in den USA. Und obwohl George Lucas, damals vom hohen Zuckergehalt der Nahrungsmittel für Kinder beunruhigt, in den USA keine Süßigkeiten lizensieren wollte, erklärte er sich für den Rest der Welt dazu bereit, nachdem er sich hatte überzeugen lassen, dass andere Länder billige Süßwaren immer noch als Hauptgenussmittel für Kinder betrachteten.

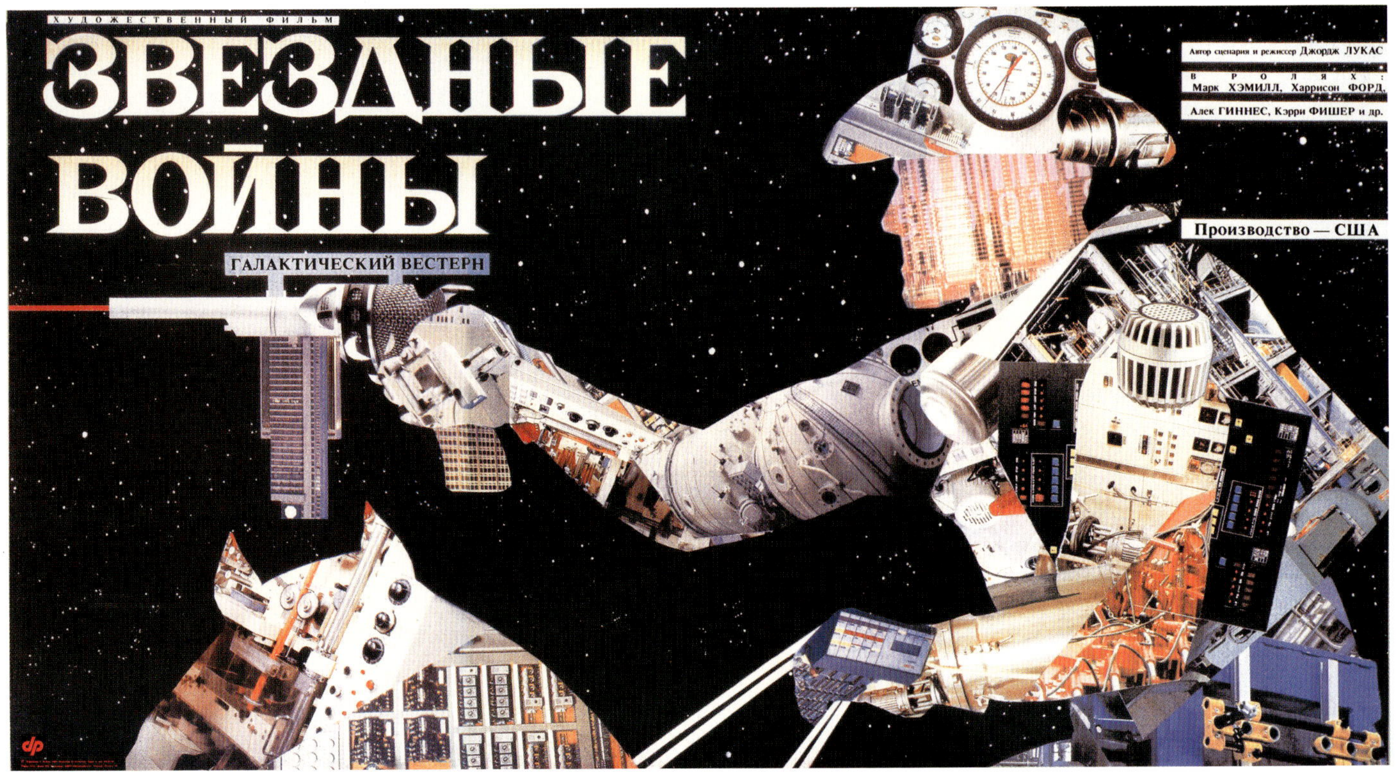

Nationale Kampagnen unterschieden sich früher noch erheblich, wie eine japanische Kinokarte von 1978 zeigt (links außen); ein russisches Poster (links) bezeichnete den Film 1991 als »Western im Weltraum«. Sehenswert sind auch der russische »Puma-kopf«-Vader von 1990 (oben) und ein türkisches Poster von 1977 (rechts). Kanada schenkte der Welt 1977 eine Chewbacca-Handpuppe (oben links).

Die Beliebtheit des Star-Wars-Soundtracks führte zu Live-Konzerten. Komponist John Williams (oben rechts, links außen) geht 1977 mit dem Dirigenten des ersten Konzerts Zubin Mehta die Partitur durch. Es entstand ein Poster (rechts außen) für eine Konzerttournee 1978, die nie erfolgte. Vielen Programmen lässt sich aber entnehmen, dass die Musik häufig live gespielt wurde, manchmal mit besonderen Gästen (unten, 2002). (Insert) Das Programm des Konzerts des London Symphony Orchestra, dirigiert von Williams selbst.

ORCHESTRALE KLÄNGE

Wenn es etwas gab, das Grenzen überwinden und der klassischen Musik ein neues Publikum bescheren konnte, dann war das *Star Wars*. Jedenfalls setzten darauf die Veranstalter des ersten *Star-Wars*-Konzerts am 20. November 1977 in der Hollywood Bowl. In der Hoffnung, die jungen Kinobesucher zu erreichen, die sich ein ums andere Mal *Star Wars* angesehen hatten, entwickelten die Poprock-Größen Steve Wolf und Jim Rissmiller ein spektakuläres Sinfoniekonzert, in dem vor dem Hintergrund wallender Trockeneisnebel, zuckender Laser und Bühnenexplosionen John Williams' »*Star Wars* Symphonic Suite« aufgeführt wurde.

Nach einem einleitenden Gedicht, das der *Enterprise*-Captain William Shatner rezitierte, und einigen spacigen Jazzrock-Intros einer Band namens Electrofusion kamen die 17 500 Zuhörer, die die Bowl füllten, in den Genuss einer ausgedehnten, visuellen Extravaganz, die Werke von Strauss, Holst und schließlich auch John Williams einschloss. Obwohl der *Star-Wars*-Komponist das Orchester nicht selbst leitete – Zubin Mehta dirigierte die Los Angeles Philharmoniker –, trug Williams doch eigens zu diesem Anlass ein neues Arrangement der *Star-Wars*-Musik bei. Angespornt durch den Erfolg, planten die Veranstalter eine ganze Anzahl ähnlicher Events im ganzen Land, die sich alle der gleichen Wechselwirkung von Sinfonie, Raum und Spezialeffekten bedienten.

Die *Star-Wars*-Konzerte von 1978 warteten mit Unmengen von Gastdirigenten auf, die »Music from Outer Space« (Musik aus den Tiefen des Raums) präsentierten, und auch John Williams absolvierte zu besonderen Anlässen gelegentlich Auftritte. So leitete der Komponist im Februar 1978 bei einem Konzert in der eleganten Londoner Albert Hall das London Symphony Orchestra, das den ursprünglichen *Star-Wars*-Soundtrack aufgenommen hatte, und an einem Abend im April dirigierte er im Verwaltungszentrum von Marin County die »100 Piece Sounds in Space Symphony« (Hundert Klangstücke der Weltraumsinfonie).

Als die *Star-Wars*-Konzerte 1978 in vollem Gange waren, sah der Filmproduzent Jerry Weintraub genügend Potenzial in der Serie, um im März die exklusiven Aufführungsrechte an der *Star-Wars*-Filmmusik zu erwerben. Da die Weintraub-Gruppe Berichten zufolge eine 50-Konzert-Tournee plante, entwickelte sie eine ganz neue Anzeigenkampagne mit dem Droidenpaar R2-D2 und C-3PO als Zwei-Mann-Band. Das neue Konzept wurde jedoch kaum noch eingesetzt, da die Vereinbarung am Jahresende aus ungeklärten Gründen scheiterte und das Weltraumkonzert-Phänomen abriss.

Hin und wieder kam es noch zu offiziellen *Star-Wars*-Konzerten – beispielsweise 1982 eine von dem *Star-Wars*-Spielzeughersteller Kenner Products gesponsorte und viel beachtete Aufführung durch das Cincinnati Pops Orchestra –, aber es dauerte bis zur Rückkehr von *Star Wars* in das Bewusstsein der Öffentlichkeit Ende der Neunzigerjahre, bis die Filmmusik als Live-Sinfonie wieder zum Leben erweckt wurde. John Williams führte in den letzten Jahren bei diversen Konzerten Auszüge seiner verschiedenen *Star-Wars*-Filmmusiken auf; ihren Höhepunkt erreichten die Konzerte 2006 in Tanglewood, wo die Premiere von »The Grand Suite from *Star Wars*« stattfand, die Musik aus jedem einzelnen Film der *Star-Wars*-Saga enthält.

The London Symphony Orchestra
sponsored by **Evening News**
20th Century-Fox and Pye Records
presents

THE LSO IN SPACE

FEATURING
THE ORIGINAL MUSIC AND ORCHESTRA
FROM JOHN WILLIAMS' CELEBRATED SOUNDTRACK

STAR WARS®

CONDUCTED BY THE COMPOSER LIVE IN CONCERT
WITH OTHER GREAT SPACE MUSIC

The London Symphony Orchestra

Founded 1904

Patron
Her Majesty The Queen

President
Karl Böhm

Principal Conductor
André Previn

Principal Guest Conductors
Claudio Abbado
Colin Davis

Conductor Laureate
Eugen Jochum

Leader
Neville Taweel

Thursday 16 February at 7.30pm

Royal Albert Hall
General Manager: Anthony J. Charlton

Programme Book 30p

This concert is generously sponsored by

Evening News
20th Century-Fox
Pye-Records

The LSO in Space

Theme from 2001
Richard Strauss: Also sprach Zarathustra

John Williams
Music from Close Encounters of the Third Kind

Gustav Holst
The Planets*
Jupiter
Neptune
Mars

Interval

John Williams
Star Wars Suite
introduced by Gary Kurtz

John Williams
Conductor

David Atherton
*Conductor**

The Ambrosian Singers

2 Albums from the original motion picture soundtrack featuring the London Symphony Orchestra.
FROM THE ORIGINAL SOUNDTRACK
THE STORY OF STAR WARS
INCLUDES FULL COLOUR POSTER
STAR SINGLE "MAIN TITLE" BTC 2345 IN SPECIAL SOUVENIR BAG
STAR WARS®
The full story in words, music and effects from the original motion picture soundtrack, includes 16 page full colour booklet, bound in
Album BSW 1001 Cassette ZCBSW 1007
RECORDS
RECORDS GROUP
Also available on tape
The original soundtrack composed and conducted by John Williams performed by the London Symphony Orchestra
Includes full colour poster
Album BTD 541 Cassette ZCBTD 541
50p OFF
when you take this page to
OUR PRICE RECORDS
137/139 Charing Cross Road, London, WC2.
151 Edgware Road, London, W.2.
26/28 Kensington Church Street, London, W.8.
100 Kensington High Street, London, W.8.
219a Finchley Road, London, NW3.
16 Golders Green Road, London, NW11.
95 Clarence Street, Kingston, Surrey.
12 Tottenham Court Road, London, W.1.
70 North End, Croydon, Surrey.

John Williams

John Williams was born in New York in 1932. He studied at the University of California in Los Angeles, and in New York at the Juilliard School of Music with Rosina Lhevinne.
He has composed scores and acted as Musical Director for approximately forty films including *The Reivers, None But The Brave, The Cowboys, How To Steal A Million, Jane Eyre, Goodbye Mr. Chips, The Poseidon Adventure, Towering Inferno, Earthquake, The Long Goodbye, Paper Chase, Cinderella Liberty, Conrack, Sugarland Express, Jaws, Midway and Black Sunday.*

He has twice received the American Television Academy's 'Emmy' Award for the 'Best Musical Composition,' and the British Academy of Film and Television Arts Award for best original score in 1976. He has been nominated by the American Academy of Motion Picture Arts and Sciences eleven times. John Williams has received the Academy Award twice, one for *Fiddler On The Roof* in 1972, and one for *Jaws* in 1976. He has also composed much music for television, especially the Alcoa Theatre, Kraft Theatre and Playhouse 90.

His symphonic works have been performed by many major American orchestras, including those of Los Angeles, Pittsburgh, Houston, and St. Louis. His First Symphony was premièred in 1966 by the Houston Symphony Orchestra, conducted by André Previn, and presented again in London with the London Symphony Orchestra in July of 1972. Amongst other compositions, he has written a violin concerto. His latest film scores are *Star Wars* and *Close Encounters of the Third Kind*.

Tomorrow's music,
tomorrow's news,
in the
Evening News
today.
THE YOUNGER LONDON PAPER

David Atherton

David Atherton is one of the most outstanding talents to emerge from Great Britain in the last decade.

Born in Blackpool, Lancashire, he studied music at the University of Cambridge, where his conducting of the original version of Strauss' *Ariadne auf Naxos* and Berlioz' *Beatrice and Benedict* aroused much critical acclaim. In 1967 Sir Georg Solti invited him to join the music staff of the Royal Opera House and the following year, at the age of twenty-four, he became the youngest conductor ever to appear there. In his position as Resident Conductor he has given over 100 performances with Covent Garden, including a highly successful visit to La Scala, Milan in February, 1976. In July, 1976, he conducted the world première of Henze's opera *We come to the River*.

David Atherton formed the London Sinfonietta in 1967 and, as its Musical Director until 1973, he conducted the first performances of many important contemporary works. The Sinfonietta, which is now regarded as one of the world's leading chamber ensembles, has made many recordings with David Atherton, the most important being the highly acclaimed complete works for chamber ensemble by Arnold Schoenberg (Decca).

In 1968, with the BBC Symphony Orchestra, he became the youngest conductor in the history of the Henry Wood Promenade Concerts at the Royal Albert Hall. Since then, his concert engagements have taken him all over Europe, to North America and the Far East. His work in the recording studio has gained an Edison Award and two nominations for Grammy Awards; and last year his recordings on Deutsche Grammophon of works by Kurt Weill were awarded the Grand Prix du Disque.

The London Symphony Orchestra

The London Symphony Orchestra is the capital's oldest orchestra. It has toured more extensively and probably made more recordings than any other since it first entered the recording studio in 1912. Founded in 1904 it was the first of the London orchestras to set itself up as a self-governing body on the lines of some of its continental counterparts. The members of the orchestra elect a board of directors to manage the affairs of the LSO.

Immediately following its formation, the LSO began to work with celebrated conductors such as Nikisch and Richter (the first Principal Conductor), a tradition which has continued over the years with Weingartner, Mengelberg, Koussevitzky, Beecham, Krips, Monteux and Kertesz.

The orchestra has built up a considerable reputation for giving first performances. Among the eminent composers who have conducted the LSO in their own works are Elgar, Britten, Copland, Richard Strauss, Henze, Tippett, Berio, Khatchaturian and Walton.

After the First World War, the orchestra built up a very successful recording and broadcasting career. More recently it has made television very much its own medium with a series of programmes which have captured large audiences and have succeeded in widening the appeal of classical music.

The LSO was the first orchestra to travel abroad and has appeared many times in the USA since its first visit in 1912. In 1964 it went on a world tour to the USA, Japan, Korea, Hong Kong, India, Iran, Israel and Turkey, and recently has visited Japan and Mexico. In May 1977 the LSO gave 19 concerts in six European countries and is the only British orchestra to have played at the Salzburg Festival, which is visited for the third time last August, afterwards flying directly to Edinburgh to spend a month at the Festival there.

In November, the LSO completed a tour of Great Britain sponsored by Shell UK Oil. With its principal conductor, André Previn, it gave concerts to full houses in Edinburgh, Manchester, Birmingham, Swansea and Bristol, and in the Royal Festival Hall. Last summer, Dr. Karl Böhm accepted the Presidency of the LSO and gave his first two concerts with the orchestra in that capacity in December.

The LSO celebrated the New Year not only with its regular New Year's Day concert, but with its first ever Grand Viennese Ball at the Royal Albert Hall on New Year's Eve.

President of the LSO, Dr. Karl Böhm brings the orchestra to its feet at the end of a momentous performance of Tchaikovsky Symphony No. 4.

First Violins
Neville Taweel
Leader
Irvine Arditti
principal
Robin Brightman
Stanley Castle
Sydney Colter
Norman Freeman
Dennis Gaines
Robert Retallick
Max Weber
Brian Gaulton
David Llewellyn
Norman Clarke
Nicholas Rigby
Malcolm Stewart

Second Violins
Warwick Hill
principal
Neil Watson
co-principal
Ivan Smith
sub-principal
Samuel Artis
William Brown
Thomas Cook
Terry Morton
Jack Steadman
Donald Stewart
Thomas Swift
David Williams
Charles Beldom
David Goodall
Robert Issell

Honorary Members
Ernest Hall OBE
The Right Hon.
Edward Heath
MBE, MP
Sir Jack Lyons
CBE, HON. FRAM

Violas
Alexander Taylor
principal
Brian Clarke
co-principal
Peter Norriss
Patrick Hooley
Clarence Atkinson
David Hume
William Krasnik
Michael Mitchell
William Sumpton
Partick Vermont
Eric Cuthbertson
Richard Holttum

Cellos
Douglas Cummings
principal
Rod McGrath
co-principal
Ray Adams
sub-principal
Maurice Meulien
Clive Gillinson
Ken Law
Jack Long
Douglas Powrie
Francis Saunders
Tom Storer

Double Basses
Bruce Mollison
principal
Arthur Griffiths
sub-principal
John Cooper
John Duffy
Gerald Newson
Pashanko Dimitroff
Gordon Neal
John Hill
John Bass
Geoffrey Downs

Flutes
Peter Lloyd
principal
Richard Taylor
assistant principal
Lowry Sanders
Francis Nolan

Oboes
Anthony Camden
principal
Roger Lord
assistant principal

Cor Anglais
Michael Jeans

Bass Oboe
Graham Salter

Clarinets
Thea King
guest principal
Ronald Moore
Colin Courtenay

Bass Clarinet
John Stenhouse

Bassoons
Martin Gatt
principal
Robert Bourton
co-principal
Peter Francis
Dominic Weir

Contra Bassoons
Peter Francis
Dominic Weir

Horns
David Cripps
principal
Anthony Chidell
James Brown
assistant principal
James Quaife
Graham Warren
John Rooke

Trumpets
Maurice Murphy
principal
William Lang
assistant principal
George Reynolds
Norman Archibald

Trombones
Eric Crees
assistant principal
Chris Mowatt
guest principal
Roger Groves

Bass Trombone
Frank Mathison

Tuba
Stephen Wick
guest principal
Patrick Harrild
Alan Sinclair

Euphonium
David Purser

Timpani
Kurt-Hans Goedicke
principal
Russell Jordan

Percussion
Michael Frye
principal
Ray Northcott
John Lees
Nicholas Cole
John Donaldson

Harp
Renata Scheffel-Stein
principal
Nuala Herbert

Piano
Robert Noble

Organ
Timothy Farrell

Librarian
Henry Greenwood

Personel Manager
John Duffy

Stage Manager
Robert Cornfoot

Assistant Stage Manager
David Neale

May the force be with you
STAR WARS
U
Starring MARK HAMILL HARRISON FORD CARRIE FISHER
PETER CUSHING and ALEC GUINNESS
Written and Directed by GEORGE LUCAS Produced by GARY KURTZ Music by JOHN WILLIAMS
Original soundtrack double album on 20th Century Records and Tapes.
Read the sensational novel in Sphere paperback
Filmed in PANAVISION® TECHNICOLOR®
Sound Recorded with the DOLBY SYSTEM
Making Films Sound Better
Noise Reduction – High Fidelity
20th CENTURY FOX
SPECIAL PRESENTATION FROM SUNDAY
AT THESE SELECTED CINEMAS.
BROMLEY Odeon
EALING Odeon
EAST HAM Odeon
FINCHLEY Gaumont
GUILDFORD Odeon
HARROW Granada
ILFORD Odeon
KINGSTON Granada
LEWISHAM Odeon
STREATHAM Odeon
STAINES ABC
TWICKENHAM Odeon
WATFORD Odeon
WOOD GREEN Odeon
WOOLWICH Odeon
From Feb 12th
ENFIELD ABC
AND STILL AT
Dominion
TOTTENHAM COURT RD. TEL 580 9562
AND
LEICESTER SQ
THEATRE 930 5252
in 70mm
NOW BOOKING UNTIL MARCH 1st.
SEATS AVAILABLE BOOK NOW!
©1977 Twentieth Century-Fox

Star Wars

A long time ago in a galaxy far, far away, an incredible adventure took place . . .

Seven years ago, George Lucas, the creator of *American Graffiti*, began his first draft of a film that is certain to become a milestone in the space fantasy genre.
The high-energy adventure unites the hardware of contemporary science fiction with the romantic fantasies of sword and sorcery.
STAR WARS is an imaginative entertainment experience which takes the audience to an unkown galaxy thousands of light years from earth.
'I've always loved adventure films' commented writer-director George Lucas. 'After I finished *American Graffiti*, I came to realise that since the demise of the western, there hasn't been much in the mythological fantasy genre available to the film audience. So, instead of making 'isn't-it-terrible-what's-happening-to-mankind' movies, which is how I began, I decided that I'd try to fill that gap. I'd make a film so rooted in imagination that the grimness of everyday life would not follow the audience into the theatre. In other words, for two hours, they could forget.'
Around the time *Jaws* was being completed, director Steven Spielberg introduced George Lucas to composer John Williams and told Williams about STAR WARS. Steven's recommendation to George began to see fruition in December 1975 when George started discussing his film with John and gave him a script to read.
At first they talked about some music being composed and prerecorded for the Cantina sequence. Eventually, George found a record that he liked and used for a temp track to give him a rhythmic continuity shot to shot.
Prior to STAR WARS, John Williams completed the score for *Black Sunday* and a Violin Concerto. Early 1977, Williams went up to Marin County and saw the second cut of the film. During the next two months, he wrote the score for STAR WARS.

John Williams on writing music for Star Wars

Quite often filmmakers take records and put them in workprints as temporary (temp) material. The music is usually restricted to something that they have heard or they remember hearing. This can limit the composer's own creativity if he follows in that direction rather than finding something that might be more exciting. However, in the case of George Lucas, the director, the records he put on the track did one thing for me. It convinced me that George knew the idiom of the music he wanted in the picture.

George felt that since the picture was so original and so highly different in all of its physical orientations – creatures unknown, places unseen. and noises unheard of – that the music should be on a fairly familiar emotional level. He didn't want electronic or concrete music. Rather, he wanted a dichotomy to his visuals, an almost 19th Century romantic, symphonic score against these yet unseen sights.

What George's temp track did was to prove that the disparity of styles was the right thing for this film and I think his instincts were correct. This established the stylistic direction I went to in Star Wars, which is first, tonal, and second, orchestral. It is all acoustic and natural.

I think it is a very unusual approach to a futuristic film, but I think the music relates to the characters and to the human problems even for the non-humans. I think this film is wildly romantic and fanciful. George and I felt that the music should be full of high adventure and the soaring spirits of the characters in the film.

At one point, George talked of integrating selections from the classical repertoire with the score. *2001* and several other films have utilized this technique very well. But what I think this technique doesn't do is it doesn't take a piece of melodic material, develop it and relate it to a character all the way through the film.

For instance, if you took a theme from one of the sections of Holst's *The Planets* and played it at the beginning of the film, it would not necessarily fit in the middle nor at the end of the film. On the other hand, I did not want to hear a piece of Dvorák here, a piece of Tchaikovsky there, and a piece of Holst in another place.

For formal reasons, I felt that the film wanted thematic unity. What I wanted to hear was something to do with a character here and something to do with the same character more developed there. I believe we needed melodic themes of our own which I could sort of bend around and put through all the permutations that I would need in the dramatic situations. George and I agreed that it gives the film a greater unity, a greater solidarity than it would have if we were to use a few odd bits from the repertory – however well they might fit a situation.

Tonight's music

As John Williams mentioned earlier, his soundtrack for Star Wars is purposely reminiscent of the large orchestral works in the late Romantic repertoire of the turn of the century. The Star Wars music, although quite new, feels familiar enough to unlock the emotions we experience when listening to that repertoire, including for example, the tone poems of Richard Strauss, themselves influential enough to have provided the germ of many film themes in Westerns.

Also sprach Zarathustra is a symphonic poem by Richard Strauss lasting over half an hour. It received its première in 1896, with the composer conducting, when he was 32. It is a musical expression of the expansive philosophical ideas of Nietzsche in his book of the same title. The two-minute introduction depicts the dawn; the hero, Zarathustra, greets the sun. This opening was used repeatedly for moments of discovery in Stanley Kubrick's film *2001: A Space Odyssey*, in which he also employed music by Johann Strauss and the modern Hungarian composer György Ligeti.

It was not the first time that music in the Romantic style had been associated with space fiction – Liszt's *Les Preludes* accompanies Flash Gordon throughout his conquest of the universe. When the English composer Gustav Holst (1874-1934) completed *The Planets* in 1916 he could not have anticipated its use in films. His suite contains music for all the known planets of the time, omitting Pluto, not located until 1930. Each movement expresses the character of one of the planets. Tonight three movements are heard:

Jupiter, the Bringer of Jollity
Neptune, the Mystic
Mars, the Bringer of War.

The work, which in its entirety lasts about fifty minutes, is scored for large orchestra, with a ladies chorus in *Neptune.*

The *Star Wars Suite* which John Williams has prepared for this performance is a concert version of most of the music recorded by him with the London Symphony Orchestra for the soundtrack. It is in six sections:

Main titles
The little people
Here they come
Princess Leia's theme
The battle
The Royal Presentation and end titles.

MUSIC FROM OUTER SPACE

PLAYBILL
MINSKOFF THEATRE
A STAR WARS LASER CONCERT LIVE

ROYAL ALBERT HALL
General Manager: ANTHONY J. CHARLTON
Thursday, 16 February, 1978
at 7.30 p.m.
Doors open at 7
THE LONDON SYMPHONY ORCHESTRA
STALLS
M
£3.50
Enter by Door No. 9
SEAT 1704
TO BE RETAINED
SEE REVERSE

THE STAR WARS SYMPHONIC SUITE
BY JOHN WILLIAMS
STAR WARS
CONCERT

SPIEL'S NOCH EINMAL, JOHN

Die Musik der *Star-Wars*-Filme ist oft als das Kronjuwel der Saga bezeichnet worden. Schon 1977, als John Williams anlässlich der Musikaufnahmen im März das London Symphony Orchestra dirigiert hatte, sagte Lucas, dass die Musik der einzige Teil des Films war, der seine Erwartungen übertroffen hatte. Das typische *Star-Wars*-Thema, das heute zu den bekanntesten Titelmelodien der Welt gehört, hat seitdem jedes Kapitel der Saga eröffnet und floss nahtlos in die Eröffnungsszene ein, ob es nun der Sternenzerstörer ist, der über unseren Köpfen hinwegdonnert, eine Droidensonde, die über Hoth abgeworfen wird, oder eine epische Schlacht, ausgetragen in Coruscants äußerer Atmosphäre. DISC ONE

Die erste Pressung des ursprünglichen *Star-Wars*-Soundtracks war schon eine Woche nach Erscheinen ausverkauft. Natürlich presste Twentieth Century Records, ein vergleichsweise neues Label, anfangs auch nur zehntausend Exemplare des Soundtracks, gerade genug, um die Vorbestellungen zu bedienen. Als der Film anlief, änderte sich diese Strategie jedoch rasch. Schon am ersten Tag verkaufte Tower Records in Hollywood seinen kompletten Bestand von hundert LPs und musste siebenhundert Kunden mit leeren Händen nach Hause schicken. Die Musik erhöhte schlagartig das Interesse an Klassik, und manche derjenigen, die keinen *Star-Wars*-Soundtrack mehr abbekamen, fanden Gefallen daran, Werken von Komponisten wie Tschaikowski und Wagner zu lauschen. Williams hatte sich von Wagners Verwendung eines Leitmotivs inspirieren lassen, das bestimmte Themen für die Figuren einführt und sie im weiteren Verlauf einer Oper mehrmals wieder aufgreift.

Der Musiker Meco Monardo, dessen Disco-Album *Star Wars and Other Galactic Funk* im Oktober 1977 die Charts eroberte, gehörte zu denen, die zunächst keinen Soundtrack abbekamen. Als er *Star Wars* mehrmals gesehen hatte, beschloss er, ein Bandgerät in eine der Aufführungen einzuschmuggeln, damit er die Musik in seinem Tonstudio studieren konnte. Er mischte die gerade angesagten Discorhythmen mit reichlich hausgemachten futuristischen Klangeffekten, und schon war die *Star-Wars*-Disco-Single geboren. *Star Wars* war bald der uneingeschränkte Herrscher über die klassischen und die Pop-Charts.

Der Erfolg des Soundtracks und seines Disco-Ablegers begründete einen Trend, der bis zum Erscheinen von *Die Rache der Sith* anhielt. *Sith* brachte jedoch keine Disco-Musik hervor, sondern eine Techno-Single. Die Musik der Saga wurde inzwischen auf jede erdenkliche Weise gecovert, mit hawaiianischer Ukulele, als Lounge Music und Rap. Wie die Bürger des *Star-Wars*-Universums ist die von ihr inspirierte Musik manchmal facettenreich und exotisch, aber oft auch einfach nur sonderbar.

John Williams dürfte heutzutage wohl der einzige Komponist/Dirigent sein, der noch Filmmusik aufnimmt, während der Film auf eine große Leinwand projiziert wird (oben links, bei den Aufnahmen für Star Wars *1977); andere verwenden TV-Monitore. (Links) Williams' LP-Cover von 1978. Veröffentlichte Notenblätter (oben, 1977) wirken zwar sauber und ordentlich, aber die handgeschriebene Filmmusik (Insert, 2002) für den Abspann von* Episode II *zeigt, wie komplex das Arrangement für ein ganzes Sinfonieorchester ist.*

In einer Karikatur dirigiert Williams ein ganz besonderes Orchester (oben, 1978). George Lucas und John Williams haben in drei Jahrzehnten eine ungewöhnliche kreative Zusammenarbeit entwickelt, um gemeinsam eine Geschichte zu erzählen (unten links, 1977).

Lizensierte Nahrungsmittel verkaufen sich über die Extras, wie 1978 bei japanischen Süßwaren (links), die mit über hundert verschiedenen Geschenken aufwarteten, oder dem britischen Eis-Lolly (rechts) mit Figuren-Erklärung. Coca Cola fertigte R2-D2-artige »Cobots« für die Werbung in Supermärkten (unten, 1979), und General Mills legte seinen Getreideflocken Aufkleber bei (unten links, 1977). Burger Chef bot »Fun-Meals« für Kinder an, 1977 eine mit diesem Landspeeder zum Zusammenbauen (Insert).

ESSEN UND TRINKEN SIE *STAR WARS!*

Die erfolgreichste frühe Werbeanbindung kam von der Coca Cola Company. Schon im September 1977 bot die Firma in Burger Chef-Restaurants beim Kauf einer Coke für 49 Cent *Star-Wars*-Poster an. Etwa um die gleiche Zeit wurde an den Getränkespender von Haushaltswarenläden ein erster Satz illustrierter Bonus-Plastikbecher angeboten. Für eine internationale Firma wie Coca Cola war *Star Wars* der perfekte Partner, denn der Film war in der Lage, internationale Grenzen und kulturelle Barrieren zu überwinden.

Coca Cola entwarf sogar ein von *Star Wars* inspiriertes Maskottchen nach Art von R2-D2, das den Kosenamen »Cobot« erhielt. Mit einer großen Dose Coke anstelle der tonnenförmigen Mittelsektion des Droiden streifte der ein Meter zwanzig große, funkgesteuerte »Cobot« 1979 und Anfang 1980 durch die Gänge von Supermärkten und ermunterte Kunden, Produkte von Coca Cola zu kaufen.

An der Supermarktfront setzte auch General Mills seinen Bestseller *Cheerios* und seine inzwischen ebenfalls berühmten Marken *Count Chocula, Strawberry Crazy Cow* und *Boo Berry* ein, um den Film zu bewerben und den Absatz ihrer Produkte anzukurbeln. Für Lucasfilm und Fox war der Markenname auf dem Frühstückstisch ein gewaltiger Marketing-Coup. Vor *Star Wars* hatte es nur sehr wenige Getreideflocken gegeben, die Filme bewarben, und noch nie ein Filmlogo, das für so lange Zeit auf so vielen Marken prangte. Die Kinder wurden dafür mit Postern, Karten und Aufklebern belohnt.

International gab es knusprige Reis-Snacks und Brotstangen in Japan, R2-D2-Hotdogs in Kanada, Yoda-Soda in Finnland und australische Eiscreme-Riegel, die mit »Jedi Jelly« gefüllt waren, sowie im Vereinigten Königreich Würstchen und gebackene Bohnen mit dem *Star-Wars*-Emblem.

Die denkwürdigsten essbaren Genüsse waren aber gar nicht für Menschen gedacht, sondern für Tiere. Anlässlich von *Die Rückkehr der Jedi-Ritter* entwickelte Harper's Dog Chow in Australien eine Werbekampagne für Konsumenten, bei der zwölf unterschiedliche Jedi-Aufkleber gesammelt werden konnten – was so gut wie unmöglich war, wenn man bedachte, dass jeder Sack zehn Kilo Hundefutter enthielt und man von außen nicht feststellen konnte, welchen Aufkleber er enthielt. Der knappe zweite Sieger: japanische *Episode-I*-Fisch-Chips, mit denen amerikanische Käufer ihre gierigen Katzen fütterten, nachdem sie selbst die zwanzig unterschiedlichen Sammelobjekte aus den Packungen entfernt hatten.

(Im Uhrzeigersinn) Actionfiguren (1995), Beläge für Geburtstagstorten (1979), Bonus-Poster (1977) und sogar Schmuck (1977) kurbelten weltweit den Absatz zahlreicher Nahrungsmittel an. Aber einen Höhepunkt bildete sicher 1983 die Zusammenarbeit mit Harper's Dog Chow in Australien (unten), bei der jeder zehn Kilo schwere Sack einen von zwölf verschiedenen Jedi-Aufklebern enthielt.

DIE FANS WERDEN GESELLIG

Dreißig Jahre lang hatte eine Konstante die *Star-Wars*-Flamme durch die Stürme der kulturellen Veränderung hindurch am Brennen gehalten: die Fans. Und beinahe ebenso lange gibt es schon den Official *Star Wars* Fan Club, der das Feuer schürt und die große Gemeinde, die sich von den Filmen angezogen fühlt, mit einem beständigen Strom an Informationen füttert. Kaum war *Star Wars* herausgekommen, schrieben die Fans an Lucasfilm und die Twentieth Century Fox um Erlaubnis, Fanklubs bilden zu dürfen, die nicht einer einzelnen Figur oder einem Schauspieler, sondern *Star Wars* selbst gewidmet waren. Rasch wurde ein Plan entworfen, mit geringen Kosten einen offiziellen Klub zu gründen, der die Fans über die neuesten Entwicklungen auf dem Laufenden hielt.

Im Januar 1978 bekamen zunächst die Gründungsmitglieder des Fanklubs ein Mitgliedschaftspaket angeboten, das ein Poster, Bügelbilder, mehrere Farbfotos im Format 20 x 25 cm, einen Aufnäher, ein Buchcover, eine Mitgliedskarte, einen Aufkleber und den ersten von vier Ausgaben des Official *Star Wars* Fan Club Newsletters enthielt, zusammen für gerade einmal fünf Dollar. In den ersten paar Monaten von 1978 traten täglich zweihundert bis dreihundert Personen dem Klub bei, sodass er Mitte April 25 000 Mitglieder umfasste.

Im Sommer 1979 übernahm Lucasfilm durch eine kleine Firma die Leitung des Klubs, gestaltete den Newsletter neu und schrieb einen Wettbewerb aus, bei dem ein Titel gesucht wurde. Der Gewinner: Preston Postle aus Avon, Ohio, der *Bantha Tracks* (Bantha-Fährte) vorschlug, nach den zotteligen, schwerfälligen Lasttieren auf Tatooine. Die Newsletter enthielten Exklusivfotos und Interviews mit der Crew und den Schauspielern. (Die temperamentvolle Carrie Fisher offenbarte, wie gern sie sich immer die Titelbilder von Underground-Comics angesehen hatte: »Ich glaube, mein Liebling war *The Leather Nun*, aber man musste achtzehn sein, um es kaufen zu dürfen.«) Es gab auch erste Neuigkeiten über *Star Wars II*, einen Fanbrief-Weiterleitungsdienst, Antworten auf schwierige Fragen wie die häufig gestellte: »Warum gab Prinzessin Leia am Ende von *Star Wars* Chewbacca eigentlich nicht auch eine Medaille wie Luke und Han?« (Antwort: Sie wollte, »aber Wookiees stehen nicht auf Medaillen«), die Möglichkeit, exklusive Merchandising-Artikel zu kaufen, und Wettbewerbe wie den über die beste *Star-Wars*-Zeichnung, über die George Lucas persönlich befand. Der Gewinner, Matthew Pak, bekam einen Flug nach London geschenkt, um beim Dreh von *Das Imperium schlägt zurück* dabei sein zu können, und durfte mit Carrie Fisher, Mark Hamill, Harrison Ford und Peter Mayhew (Chewbacca) zu Abend essen.

Im Jahre 1983 erreichte die Mitgliederzahl des Klubs mit 180 000 Personen ihren Höhepunkt. Vier Jahre später, als kein neuer *Star-Wars*-Film am Horizont zu sehen war, wurde *Bantha Tracks* mit seiner fünfunddreißigsten Ausgabe eingestellt, ausgerechnet einer Ausgabe zum zehnjährigen *Star-Wars*-Jubiläum. Das Fandom blieb jedoch nicht lange ohne offiziellen Klub, da dieser schon ein Jahr später von einer kleinen Firma als Lucasfilm Fan Club wiederbelebt wurde, mit einem brandneuen farbigen Hochglanzmagazin und einem Angebot für Mitglieder, das es mit seinen Vorgängern mühelos aufnehmen konnte. Seit 1988 erscheint dieses Magazin ohne Unterbrechungen, und selbst *Bantha Tracks* wurde wieder ins Leben gerufen, um über die zahlreichen Aktivitäten der Fans zu berichten.

Der Official Star Wars *Fan Club entstand beinahe mit den ersten Fans und verschickte farbenprächtige Werbung (Insert, 1978) und ständig wechselnde Mitgliedsausweise (links außen, 1977-1993), darunter die »Star Warrior«-Karte eines Magazinherausgebers. Heute wendet sich der Klub auch an ältere Fans, die Events wie Fanklub-Frühstücke besuchen (links).*

Bantha Tracks *(rechts, 1983) war nach vier Ausgaben eines namenlosen Newsletters die prämierte Fan-Einsendung bei einem Wettbewerb, durch den die Clubzeitung einen Namen bekommen sollte. Mitglieder, die neue Mitglieder anwarben, konnten sich ein »Rebel Recruiter«-Abzeichen (oben, 1980) verdienen. (Unten) Matthew Paks preisgekrönte Karikatur von 1979, mit der er einen Flug zum Set von* Imperium *gewann. Der Newsletter wurde 1987 zwar eingestellt, aber der Fanklub bestand weiter, und* Bantha Tracks *kehrte vor wenigen Jahren gedruckt und online zurück.*

NUMBER 21
AUGUST, 1983

BANTHA TRACKS

JOURNAL OF THE OFFICIAL STAR WARS FAN CLUB

SPECIAL EFFECTS

Dennis Muren and Ken Ralston discuss JEDI SPFX

Industrial Light and Magic, ILM, is the Special Effects facility of Lucasfilm Ltd. The men and women who work there make the movie magic that is recognized all over the world as defining the state-of-the-art. More than a year before the release of RETURN OF THE JEDI, while the production unit was involved with the principal photography work in England, Arizona, and California, the artists and technicians at ILM were beginning to work on the most ambitious special effects sequences ever attempted. The responsibility for the Visual Effects was divided among Richard Edlund A.S.C., Dennis Muren, and Ken Ralston. Although Richard Edlund has left ILM after eight years to pursue other interests, BANTHA TRACKS was able to talk to Oscar winner (Visual Effects, E.T.) Dennis Muren, and Ken Ralston. The two men met during work on STAR WARS in 1976 when Ken was camera assistant to Dennis. They had followed similar paths to their eventual careers, both having been interested in Special Effects in movies since childhood. Each had been fascinated, not just by the effects themselves, but with experimenting in achieving effects through his own ingenuity. Their initial, youthful enthusiasm has never waned and each brought years of film experience to his work at ILM, especially in television commercials and short features. In the office of Fan Club Director Maureen Garrett, BANTHA TRACKS talked with Dennis and Ken.

Bantha Tracks: In RETURN OF THE JEDI, the speeder bike sequence on Endor is one of the most popular scenes in all of the SW Saga movies. Can you trace the development of the Special Effects (SPFX) involved?

Dennis Muren: The basic idea for the biker sequence was simple. It was to have Luke and Leia each jump on a bike and pursue Imperial Scouts who are on two other bikes. The enemy bikers each get knocked off and destroyed and Leia is separated from Luke. The sequence was to last two and one-half minutes. George said to me and Joe Johnston (Art Director-Visual Effects) that we could do anything we wanted to fill in the time, which was pretty neat. Joe got started right away on the first step—storyboards. Storyboarding is a way of planning a movie sequence using a drawing of what is to happen for each frame of film you plan to shoot. It's a tool that helps you to envision what the scene will look like ahead of time. Working together, Joe and I started storyboarding the sequence with Luke and Leia on the same bike, rather than on two as originally planned. Then at some point Luke could jump onto another bike, create more excitement, and divide the action into two sections. As we moved along with the storyboards we showed them to George who had lots of good ideas. Even so, it was difficult to come up with 2–2½ minutes. This sounds like

VON UNTERWÄSCHE BIS ZU BARETTEN

Anfang der Siebzigerjahre war ein T-Shirt gewöhnlich weiß, wurde als Unterwäsche getragen oder als etwas angesehen, was einzig die »Arbeiterklasse« öffentlich tragen würde. Mit anderen Worten, niemand, der auch nur einen Funken Modebewusstsein besaß, hätte sich mit einem T-Shirt blicken lassen. Das hat sich ziemlich dramatisch geändert, und dieser Wandel ist wenigstens teilweise auf *Star Wars* zurückzuführen. In den Siebzigerjahren hatten coole Typen schon begonnen, T-Shirts ihrer Lieblingsbands anzufertigen und zu tragen, und der nächste logische Schritt bestand darin, seine Leidenschaft auch für andere Formen der Unterhaltung zu zeigen. Und so waren die ersten *Star-Wars*-Kleidungsstücke, die auf den Markt kamen, T-Shirts beziehungsweise T-Shirt-Bügelbilder, da man den Trend erkannt hatte, Werbeschriftzüge und Markennamen auf der Brust zu tragen – und für dieses Privileg zu bezahlen. Niemand, nicht einmal Lucasfilm, weiß, wie viele verschiedene T-Shirt-Entwürfe in den letzten paar Jahrzehnten weltweit angefertigt wurden, aber eine ungefähre Schätzung beläuft sich auf mehr als fünftausend.

Dieser Trend dehnte sich sogar auf andere Kleidungsstücke aus. Zu den frühesten Artikeln gehörten hinreißende kleine Satinjacken mit *Star-Wars*-Aufnähern für Kinder, Freizeitanzüge, Shorts und Jeans aus schwerem Drillich mit intergalaktischem Design.

Passend zu den Kleidungsstücken wurde auch eine *Star-Wars*-Schmuckkollektion eingeführt, die Siebzigerjahre-Version der Buck-Rogers-Repeller-Ray-Ringe aus den Dreißiger- oder Hopalong-Cassidy-Fotoringe aus den Fünfzigerjahren. Der Unterschied: Es gab sehr viel mehr davon, und sie wurden in Läden verkauft statt per Mail Order. Eines der Highlights war ein Sortiment von sechs Metallhalsketten aus zweieinhalb Zentimeter hohen, aufgereihten Figürchen von Chewbacca, R2-D2, C-3PO und einem X-Wing-Jäger sowie Helmen von Darth Vader und einem Sturmtruppler. Das Sortiment wurde schließlich um Ohrringe erweitert (Stecker und Clips), Krawattennadeln, Anstecknadeln, Ringe und sogar Barette. Auch ein halbes Dutzend großer Gürtelschnallen aus Messing war schon früh in den Läden zu haben, perfekt geeignet für die fünf bis acht Zentimeter breiten Ledergürtel dieser Zeit. Im Einklang mit dem neuesten Technik-Hit der Siebzigerjahre verkaufte Texas Instruments eine lizensierte Digitaluhr, und Bradley Time brachte eine Kollektion eher traditioneller Figuren-Uhren heraus, die bis Mitte der Achtzigerjahre angeboten wurde.

Es gab sogar *Star-Wars*-Schuhe! Die britische Firma Clarks wählte jedoch ein äußerst dezentes Design. Die ersten sechs Paare (für die beiden Droiden, Luke, Leia, Vader und ein Tusken-Räuber) unterschieden sich fast nur durch einen fünfzackigen Stern an beiden Seiten der Kreppsohle und die in die Sohle eingeprägten Worte »Star Wars«. Die Droiden-Schuhe wurden durch die Verwendung von Silberfolie ein wenig knalliger, und beim Tusken-Räuber-Modell war das Oberleder geprägt.

Aber bei vielen, die sich zur ersten Generation der *Star-Wars*-Fans zählen, hat sich ein Artikel ganz besonders ins Gedächtnis eingebrannt: Unterwäsche! Grell bedruckte, ärmellose Unterhemden und Slips für Jungen und Mädchen wurden in flachen Kartonverpackungen mit aufgedruckten *Star-Wars*-Figuren angeboten und enthielten ein »Jedi-Zertifikat«, von Yoda persönlich unterschrieben! Die unvergessliche Fernsehwerbung ließ sechsjährige Kinder in ihrer *Star-Wars*-Unterwäsche herumtollen; die Spots waren grauenhaft, aber so denkwürdig, dass manche Fans sie heute noch bis ins kleinste Detail beschreiben können.

(Links) Durch Satinjacken für Kinder (1977), Gürtelschnallen (1977), Kappen mit Yoda-Ohren (1980), japanische Gürtel (1978) und Unterwäsche (Werbefoto als Insert, 1980) ist Star Wars bei Jung und Alt schon lange beliebt. Unter den ersten hergestellten Artikeln waren Freizeitkleidung und Shorts (oben) in grell bedrucktem Jeansstoff und ein breites Angebot an Turnschuhen von Clarks (rechts und unten, 1977/78).

Star Wars *im Klassenzimmer: von Schulartikeln (ein britischer Todesstern-Bleistiftspitzer, 1978, und eine amerikanische Lunchbox, 1983, nächste Seite) bis zu Hilfsmitteln, um Kindern Lesen, Rechnen und Wissenschaft beizubringen. Einer der ersten und ungewöhnlichsten Artikel war ein Klassen-Set von Pendulum Press mit Filmstreifen (Insert, 1978), aufgezeichneter Tonspur, Mini-Comics und Fragebogen.*

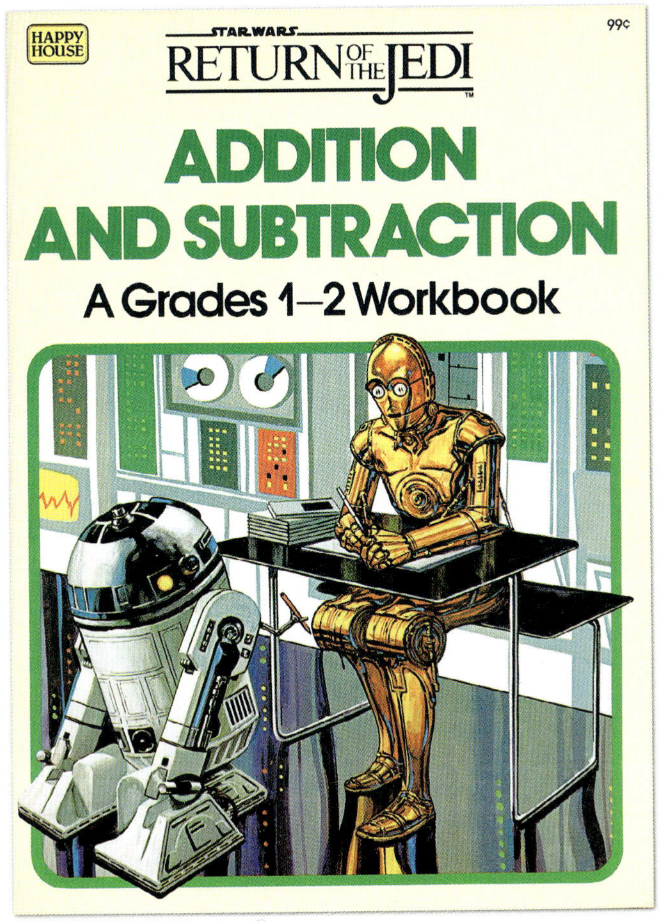

EIN ABSCHLUSS IN *STAR WARS*

Für einen Grundschüler in den Siebzigerjahren bildeten drei Aktivitäten im Klassenzimmer den Höhepunkt eines jeden Schultags: die Entgegennahme eines duftenden, purpur gefärbten Blattes, frisch aus einem Matrizenkopierer, die Weitergabe heimlich geschriebener Zettel bei einer Lehrfilmpräsentation und die Vorführung eines Spielfilms als besondere Belohnung für eine Klasse. Glücklicherweise konnte *Star Wars* mit allem aufwarten.

Im Jahre 1978 brachte Pendulum Press ein Set mit Film und Kassette für Schulklassen heraus, das *Star Wars* audiovisuell präsentierte und ein Comicheft enthielt, um die Lesefähigkeit und Auffassungsgabe von Kindern zu verbessern. Nach der zwanzigminütigen Präsentation erhielten die Schüler Matrizenkopien mit Wortpuzzles und Aufgaben wie: »Soeben wurde der Todesstern zerstört. Du bist der Redakteur einer kleinen planetaren Zeitung. Bereite die Artikel und Schlagzeilen auf Seite eins vor und berichte über das Ereignis des Tages. Gib deiner Zeitung einen Namen.« Gestaltung und Dialoge der Streifen entsprechen nicht den heutigen Maßstäben, aber es war Lucasfilms erster Schritt in die Welt der Bildung, ein Schritt, der die Firma auf den Weg brachte, neue Möglichkeiten zu erkunden, wie das Lernen Spaß machen kann – Befehl vom Boss.

Schon bald folgte weiteres Unterrichtsmaterial, etwa ein Set mit vier fantastischen *Star-Wars*-Arbeitsbüchern von Random House, die die Bereiche Lesen, Lernen und Verstehen abdeckten. Der kurze *Star-Wars*-Ulkfilm *Hardware Wars* – in dem Staubsauger, Bügeleisen und andere Haushaltsgeräte als Requisiten dienten – brachte es sogar bis in die Schulklassen, verpackt in eine Anzahl kluger Fragen. Zum Beispiel: »Was macht *Star Wars* zu einem so leichten Opfer für Satire? Wie könnte man den Film noch parodieren? Hat Humor einen Platz im ernsthaften Studium von Literatur?«

Trotz dieses weit verbreiteten *Star-Wars*-»Bildungsmaterials« hörten und sahen manche Kinder etwas anderes als die meisten Zuschauer. Für einige hieß es Dark Fader (Dunkler Verblasser), und der Lightsaber, die elegante Waffe eines Jedi, war ein Lifesaver (Lebensretter). »Ich dachte immer, wenn Ben Kenobis Lichtschwertklinge verschwindet, dass dann seine Batterie erschöpft ist«, sagt »Darth Reign«, der Moderator eines Message Boards auf theforce.net, einer beliebten Fan-Webseite. »Und mit ungefähr acht Jahren war ich überzeugt, dass Boba Fett Luke Skywalkers Bruder ist, weil ich einen Satz falsch verstanden hatte, den Fett in *Das Imperium schlägt zurück* zu Vader sagt: ›Tot nützt er mir nichts.‹ [›He's no good to me dead.‹] Ich hörte immer: ›Er ist nicht gut zu mir, Dad.‹ [›He's no good to me, Dad.‹]« Eine etwas andere Sichtweise auf das recht traumatische Ende von Kenobi – als Vaders Lichtschwert nach ihm schlägt und nur noch ein Bündel Kleidung übrig bleibt – stammt von »Old Brown Shoe«: »Ich und meine Kindheitsfreunde zogen daraus die entsetzliche Schlussfolgerung, dass Obi-Wan noch lebte und nackt entkommen war, ein nackter alter Mann, der durch den Todesstern rannte!« Offensichtlich eine Furcht einflößende Vorstellung für einen Siebenjährigen!

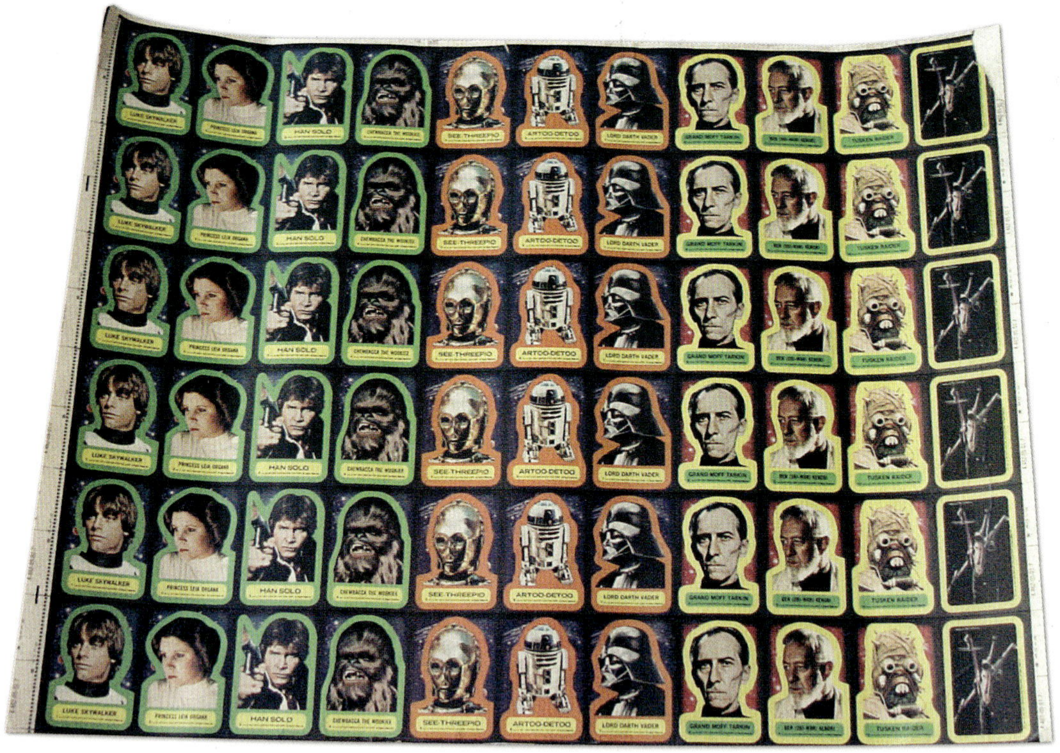

Sammel- oder Kaugummi-Karten brachten Star Wars in ganz Amerika für wenig Geld in die Tante-Emma-Läden. Und so wurden sie vertrieben: ein ungeschnittener Aufkleber-Bogen (oben, 1977) und ein Bestellformular für den allerersten Kartensatz (Insert, 1977). Karten erwiesen sich international als großer Hit, auch in Japan und Spanien (rechts).

DIE ZEIT DER KAUGUMMIS

Für zahlreiche Babyboomer und sogar Angehörige der Generation X gibt es nicht sehr viel, was schneller Kindheitserinnerungen weckt als »Kaugummikarten« aus Pappe und der Geruch dieser dünnen rosa Kaugummistreifen mit weißem Puder. Die Karten waren perfekt zum Tauschen und Sammeln oder um sie mit einem Freund auf dem Schulhof gegen eine Wand zu schnippen – bis der Lehrer sie konfiszierte.

Die Topps Company Inc. war mit der *Planet-der-Affen*-Lizenz von Fox sehr erfolgreich gewesen, und so fiel es relativ leicht, die Firma zu überzeugen, auch einer der ersten Lizenznehmer von *Star Wars* zu werden.

Bereits vier Wochen nach der Premiere des Films lieferte sie an die Tante-Emma-Läden in ganz Amerika die ersten Wachspäckchen zu 15 Cent mit sieben blau umrandeten, farbigen Karten und einem Aufkleber sowie einem Kaugummi. Die Karten waren schon Monate vor dem Filmstart vorbereitet worden, sodass sie sogar Fotos von Szenen zeigten, die später wieder rausgeschnitten worden waren. Das führte noch viele Jahre zu falschen Erinnerungen – manche Leute beharrten darauf, dass sie eine frühe Aufführung mit bestimmten Szenen gesehen hätten, »bevor das Studio George Lucas veranlasste, sie herauszuschneiden«.

Auf das Set mit dem blauen Rand folgten rasch welche mit Karten, die einen roten, gelben, grünen und orangefarbenen Rand aufwiesen, und es gab sogar eine sogenannte »obszöne« Karte, die den achtsamen Prüfern bei Topps, Fox und Lucasfilm, wie es heißt, entgangen war. Karte 207 zeigt das Foto von C-3PO, der sexuell erregt zu sein scheint; allerdings wirkt das in Wahrheit eher komisch als obszön. Die Karte ist seitdem legendär geworden und geht zu einem Spitzenpreis weg, obwohl die korrigierte Ersatzkarte wahrscheinlich in geringerer Stückzahl hergestellt wurde.

PLEASE SEND US:

_______________ BOXES OF 36-COUNT 15c STAR WARS PHOTO CARDS BUBBLE GUM. TOPPS #462.

STORE NAME _______________

ADDRESS _______________

CITY & STATE _______________ ZIP_______________

AUTHORIZED SIGNATURE _______________

PLEASE FILL OUT AND RETURN THIS SPECIAL ORDER SHEET TO:

topps® FOR THE FUN OF IT

A product of Topps Chewing Gum, Inc.

Die Schauspielerin Bea Arthur führt die Mos-Eisley-Bar? Chewbacca hat einen Sohn namens Lumpy? Prinzessin Leia singt? (Im Insert auf der nächsten Seite der Text zum Mitsingen.) Das ist entweder ein Albtraum … oder das berüchtigte Star Wars Holiday Special, *das nur einmal ausgestrahlt wurde, aber in Raubkopie-Videos weiterlebt.*

STAR WARS IN DER GLOTZE

Eine mögliche Fernsehserie war zwar als Teil von Lucasfilms Produktionsvertrag mit Twentieth Century Fox erwogen worden, aber George Lucas war zu sehr mit der Planung weiterer *Star-Wars*-Kinofilme beschäftigt. Das erste TV-Special, *The Making of Star Wars,* eine Dokumentation von Ende 1977, wurde ein Erfolg, aber das folgende Unternehmen erwies sich als Fehltritt. Das *Star Wars Holiday Special,* eine Art Varieté-Show, die nur einmal am Abend des 17. November 1978 ausgestrahlt wurde, bildete den Höhepunkt mehrerer falscher Entscheidungen seitens der Autoren und Produzenten, angefangen bei der verlängerten Laufzeit. Die Sendung wurde von neunzig Minuten auf zwei Stunden ausgedehnt, um mehr Werbeblöcke unterzubringen. Aber es wurde wenig getan, um die ohnehin schon dünne Geschichte aufzupeppen, sodass einige Sequenzen in der Sendung unerträglich lang wirken und keinen Zusammenhang mit dem Kinofilm aufzuweisen scheinen. Bea Arthur als Herrin der Bar? Harvey Korman eine galaktische Küchenchefin? Die Musik von Jefferson Starship und Diahann Carroll?

Kurz gesagt geht es in der Show, wie sie nun vorliegt, um Chewbaccas Familie auf seiner Heimatwelt Kashyyyk, die am Lebenstag, der Wookiee-Entsprechung zu Weihnachten, gespannt auf die Rückkehr des heldenhaften Wookiee wartet. Doch das Imperium trifft vor ihm ein und unterzieht Chewbaccas Frau Mala, seinen Vater Itchy und seinen Sohn Lumpy einer imperialen Untersuchung. Die Show versackt rasch in einer Anzahl schlecht eingeführter Gags und Nebenhandlungen, die ihren »Höhepunkt« in dem Lebenstag-Lied finden, das niemand anderer als Carrie Fisher trällert. DISC ONE Sie, Mark Hamill und vor allem Harrison Ford scheinen sich in ihrer Haut nicht recht wohl zu fühlen. George Lucas erwähnte einmal, dass er, wenn er um die Welt reisen und jede existierende Videoaufzeichnung des Specials einsammeln könnte, sie alle persönlich einstampfen würde. Ein Element der Show, das anhaltende Wirkung zeigte, ist Ralph McQuarries Design des Lebensraumes der Wookiees; auf ihm beruht der Wookiee-Planet Kashyyyk in *Die Rache der Sith.* Außerdem kann die Show mit dem ersten Auftritt des Kopfgeldjägers Boba Fett aufwarten.

Im Anschluss an das *Holiday Special* beschränkte sich die Präsenz von *Star Wars* im Fernsehen auf einige Making-of-Dokumentationen, mit Ausnahme gelegentlicher Auftritte von Hauptfiguren in Sendungen wie *Donnie & Marie* oder *The Muppet Show,* zumindest in der Zeit der ursprünglichen Trilogie. 1985 und 1986 wurden außerdem noch kurzlebige Zeichentrickserien über die Ewoks und die Droiden ausgestrahlt. Eine Fortsetzung der *Star-Wars*-Geschichte stand jedoch nicht in Aussicht, bis Cartoon Network eine animierte *Clone-Wars*-Serie herausbrachte, die die Lücke zwischen den *Episoden II* und *III* schloss. In einem klugen Schachzug, der die Absicht verfolgte, vor der Premiere von *Episode III* noch eine Hintergrundgeschichte zu präsentieren, stellte die animierte Serie schon einmal einen neuen Schurken aus *Die Rache der Sith* vor: General Grievous.

Seinen größten Einfluss auf das Fernsehen hatte *Star Wars* in Form der unzähligen TV-Autoren, die als Fans der Saga aufwuchsen und ihre Ikonen dann in anderen Serien verbraten haben: angefangen von animierten Serien (zahlreiche Episoden von *The Simpsons)* über Satiren (in *Saturday Night Live* singt Bill Murray auf einer Skihütte zur Titelmusik des Films *»Star Wars,* nothing but *Star Wars«)* bis zur allseits beliebten Sitcom *Friends* (Ross, gespielt von David Schwimmer, begeht einen großen Fehler, als er Rachel alias Jennifer Aniston anvertraut, dass er die heimliche Fantasie hat, ihr einen »Sklavenmädchen«-Bikini wie den von Prinzessin Leia anzuziehen). Solche Ulks zeigen, wie sehr *Star Wars* ein fester Bestandteil der Popkultur geworden ist.

THE FOURTH DRAFT
(9/13/78)

"THE
STAR
WARS
HOLIDAY
SPECIAL"

EXECUTIVE PRODUCERS:
GARY SMITH
DWIGHT HEMION

PRODUCERS:
KEN WELCH
JOE LAYTON
MITZIE WELCH

DIRECTED BY:
STEVE BINDER

WRITTEN BY:
ROD WARREN
BRUCE VILANCH
PAT PROFT
LEONARD RIPPS
and
MITZIE WELCH

VTR: AUGUST 23,28,30,31, 1978

SEPTEMBER 20,21,22,25,26,
27, 1978

OCTOBER 3,4, 1978

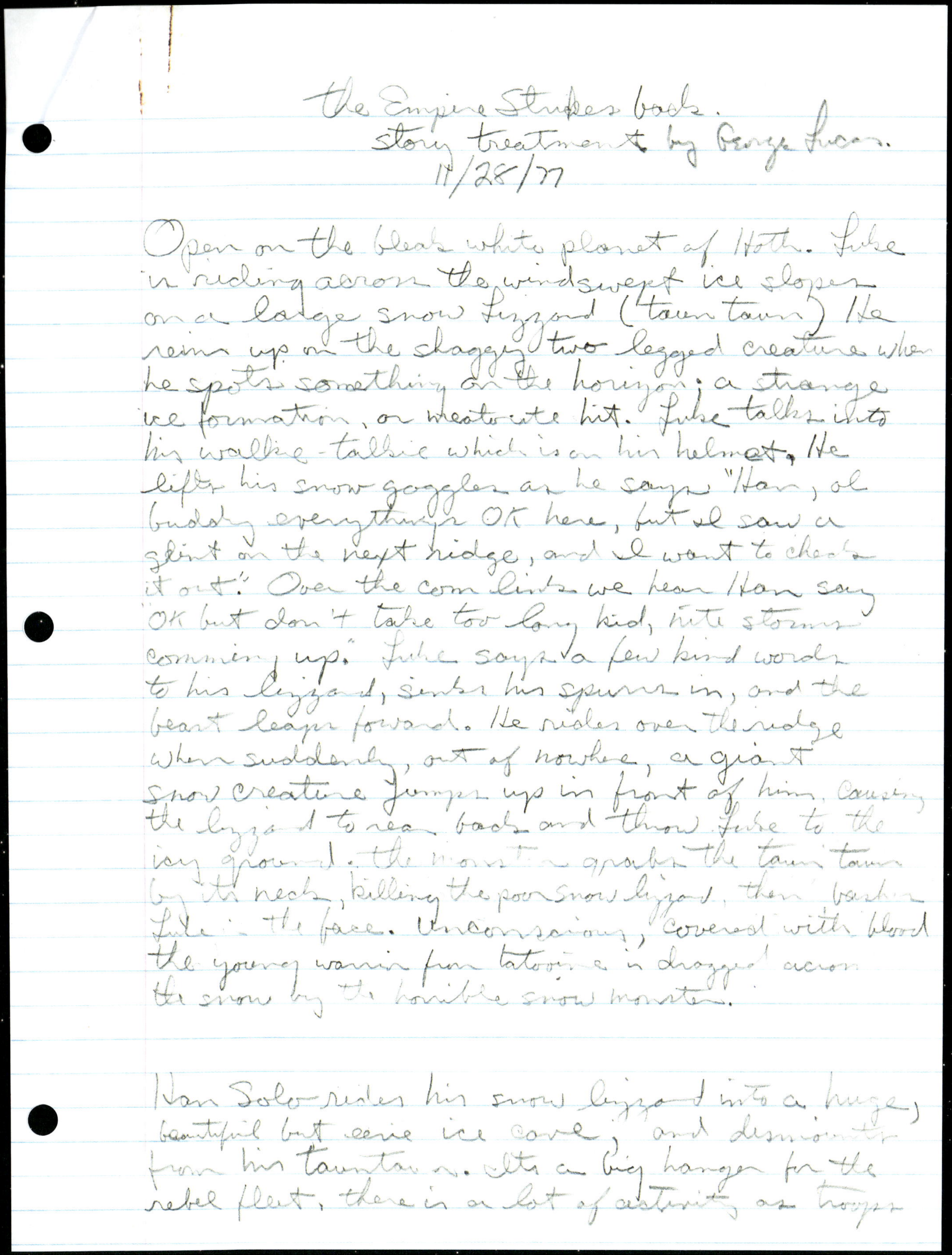

the Empire Strikes back.
story treatment by George Lucas.
11/28/77

Open on the bleak white planet of Hoth. Luke is riding across the windswept ice slopes on a large snow lizzard (taun taun) He reins up on the shaggy two legged creature when he spots something on the horizon; a strange ice formation, or meteorite hit. Luke talks into his walkie-talkie which is on his helmet, He lifts his snow goggles as he says "Han, ol buddy everything's OK here, but I saw a glint on the next ridge, and I want to check it out." Over the com link we hear Han say "OK but don't take too long kid, nite storms comming up." Luke says a few kind words to his lizzard, sinks his spurrs in, and the beast leaps foward. He rides over the ridge when suddenly, out of nowhere, a giant snow creature jumps up in front of him, causing the lizzard to rear back and throw Luke to the icy ground. the monster grabs the taun taun by its neck, killing the poor snow lizzard, then bashes Luke in the face. Unconscious, covered with blood the young warrior from tatooine is dragged across the snow by the horrible snow monster.

Han Solo rides his snow lizzard into a huge, beautiful but eerie ice cave, and dismounts from his tauntaun. Its a big hanger for the rebel fleet, there is a lot of activity as troops

George Lucas' ursprüngliches, handschriftliches Treatment für Das Imperium schlägt zurück (Insert) umfasste ganze neunzehn Seiten. Der dramatische »Vader in Flammen« (eine Version oben) klebte auf Filmdosen und Equipment. Schauspieler Mark Hamill (unten, 1979) drehte einige seiner Szenen direkt vor dem Hotel in Finse, wobei die Kamera im Gebäude blieb, damit sie nicht einfror.

Auf Ralph McQuarries Bild für die Vorproduktion 1979 (ganz oben) jagen schreckliche imperiale AT-AT-Läufer einen Rebellen auf einer Schnee-Echse. In einer Szene, die viel Improvisation enthält, verabschiedet sich die Prinzessin (oben) von ihrem Schuft.

DAS IMPERIUM WIRD GEZÄHMT

Das Imperium schlägt zurück wartete sogar mit noch ausgefalleneren Kulissen und Geschöpfen als *Star Wars* auf, und ILM – das nun in San Rafael, Kalifornien, ansässig war, unweit von Lucas' Hauptquartier – musste ein weiteres Mal neue Technologien entwickeln, um den Herausforderungen, vor die Lucas sie stellte, zu begegnen. Es war wichtig, dass die Eröffnungssequenzen des Films beim Zuschauer einen bleibenden Eindruck hinterließen, obwohl es nahezu unmöglich war, die Spannung der Anfangssequenz von *Star Wars* zu überbieten, wenn der riesige Sternenzerstörer die Leinwand auszufüllen beginnt. Zu Beginn von *Imperium* galoppierte nun ein einsamer Reiter auf einem Tauntaun, einer Schnee-Echse mit weißem Pelz, über die unberührten Schnee-Ebenen von Hoth zum Rebellenstützpunkt. Phil Tippett und Jon Berg von ILM entwickelten für die Darstellung der Echse die Go-Motion-Technik, bei der ein Modell zwar noch immer Bild für Bild animiert, aber auch ein wenig bewegt wird, sodass es leicht verschwommen wirkt wie durch Eigenbewegung, was einen realistischeren Eindruck macht.

Imperium ist viel düsterer und moralisch zweideutiger als sein Vorgänger. Vermutlich gerade deshalb steht der Film hoch in der Gunst der Fans, aber auch noch aus einigen anderen Gründen: wegen der Einführung Yodas, einer großen Latex-Puppe, die Frank Oz in berührender Weise zum Leben erweckte; weil die Hauptschlacht am Anfang statt am Ende des Films steht, wobei die unterlegenen Rebellen sich dem Ansturm riesiger Kriegsmaschinen, den imperialen AT-AT-Walkern, gegenübersehen; wegen des zweideutigen Endes, als Han Solo, eingefroren in einen Karbonidblock, verschleppt wird; und natürlich wegen der unfassbaren Enthüllung, die Darth Vader gegenüber Luke Skywalker macht: »Ich bin dein Vater!«

Dann sind da noch die schlagfertigen Dialoge und der Humor von Autor Lawrence Kasdan, doch einen der berühmtesten Sätze im Film hat Ford Harrison improvisiert. Als Han Solo in die Karbongefrierkammer abgeseilt wird, sagt Prinzessin Leia zum ersten Mal »Ich liebe dich« zu ihm. Im Drehbuch lautet Hans etwas steife Entgegnung: »Ich komme wieder«, aber der Satz, der Filmgeschichte gemacht hat, lautet schlicht und einfach: »Ich weiß.«

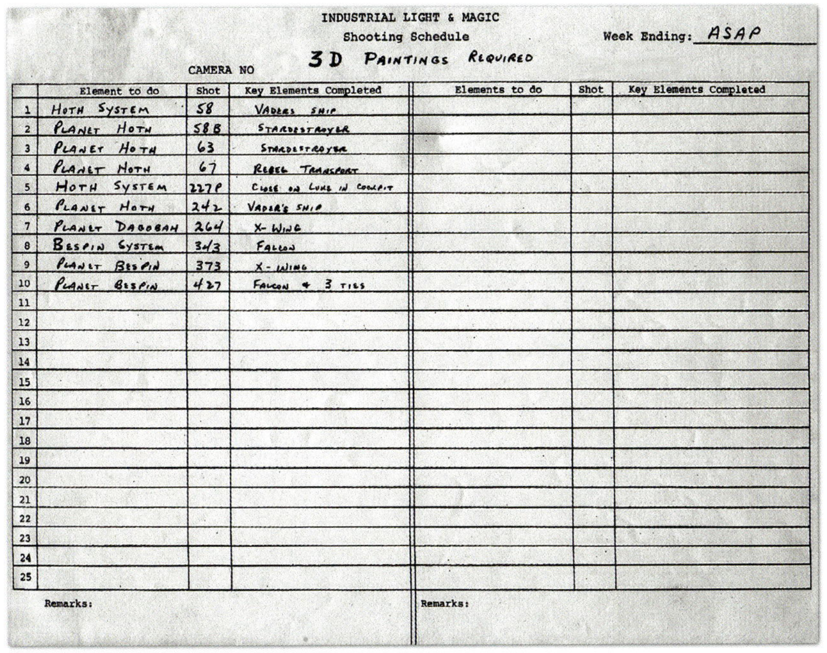

INDUSTRIAL LIGHT & MAGIC
Shooting Schedule
Week Ending: ASAP
3D PAINTINGS REQUIRED
CAMERA NO

	Element to do	Shot	Key Elements Completed	Elements to do	Shot	Key Elements Completed
1	HOTH SYSTEM	58	VADERS SHIP			
2	PLANET HOTH	58B	STARDESTROYER			
3	PLANET HOTH	63	STARDESTROYER			
4	PLANET HOTH	67	REBEL TRANSPORT			
5	HOTH SYSTEM	227P	CLOSE ON LUKE IN COCKPIT			
6	PLANET HOTH	242	VADER'S SHIP			
7	PLANET DAGOBAH	264	X-WING			
8	BESPIN SYSTEM	343	FALCON			
9	PLANET BESPIN	373	X-WING			
10	PLANET BESPIN	427	FALCON + 3 TIES			
11						
12						
13						
14						
15						
16						
17						
18						
19						
20						
21						
22						
23						
24						
25						

Remarks:

Remarks:

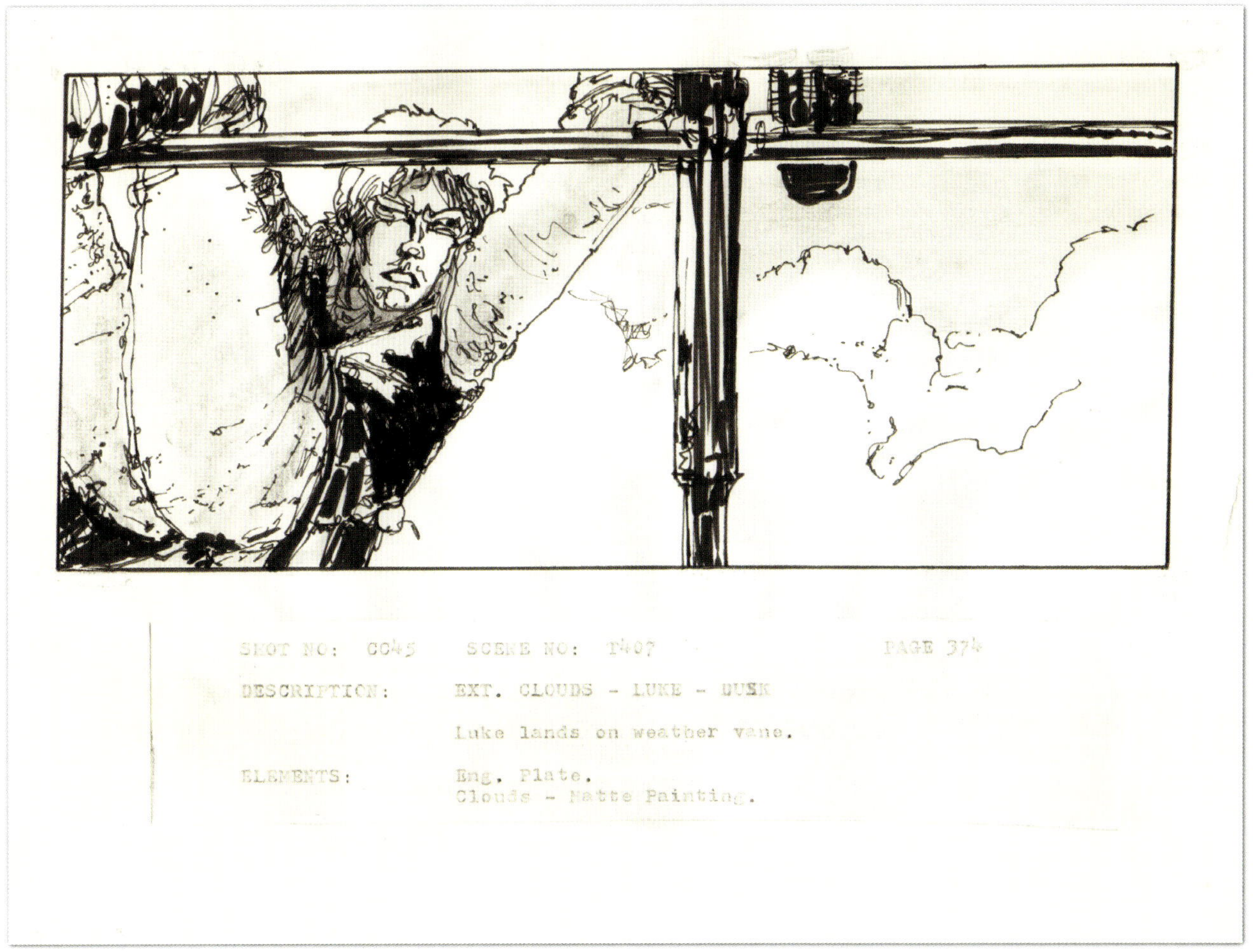

Imperium *war für ILM sogar noch aufwendiger als der erste Film. Auf einer Liste mit zehn benötigten Matte-Bildern (oben) steht 1979 nicht einmal mehr ein Datum, nur ASAP (»as soon as possible« = so bald wie möglich). Wie bei* Star Wars *entstanden für den Film vor Drehbeginn teilweise auch Storyboards (oben rechts). George Lucas beschloss, seine Hauptschlacht (unten rechts) an den Anfang des Films zu setzen statt ans Ende. (Unten) Eine Einladung für eine Schulvorführung zu Wohltätigkeitszwecken.*

1979: Animator Phil Taggert (links) erfand eine neue Technik, damit die Tauntaun realistischer wirkten. Lucas ging ein großes Risiko ein, als er eine Puppe, Yoda, zu einer seiner Hauptfiguren machte, aber die erstaunlichen Fähigkeiten von Frank Oz erweckten den Jedi-Meister zum Leben (unten links). Der ständige Zeitdruck brachte auch lustige Resultate hervor, wie ein Fake-Storyboard (unten).

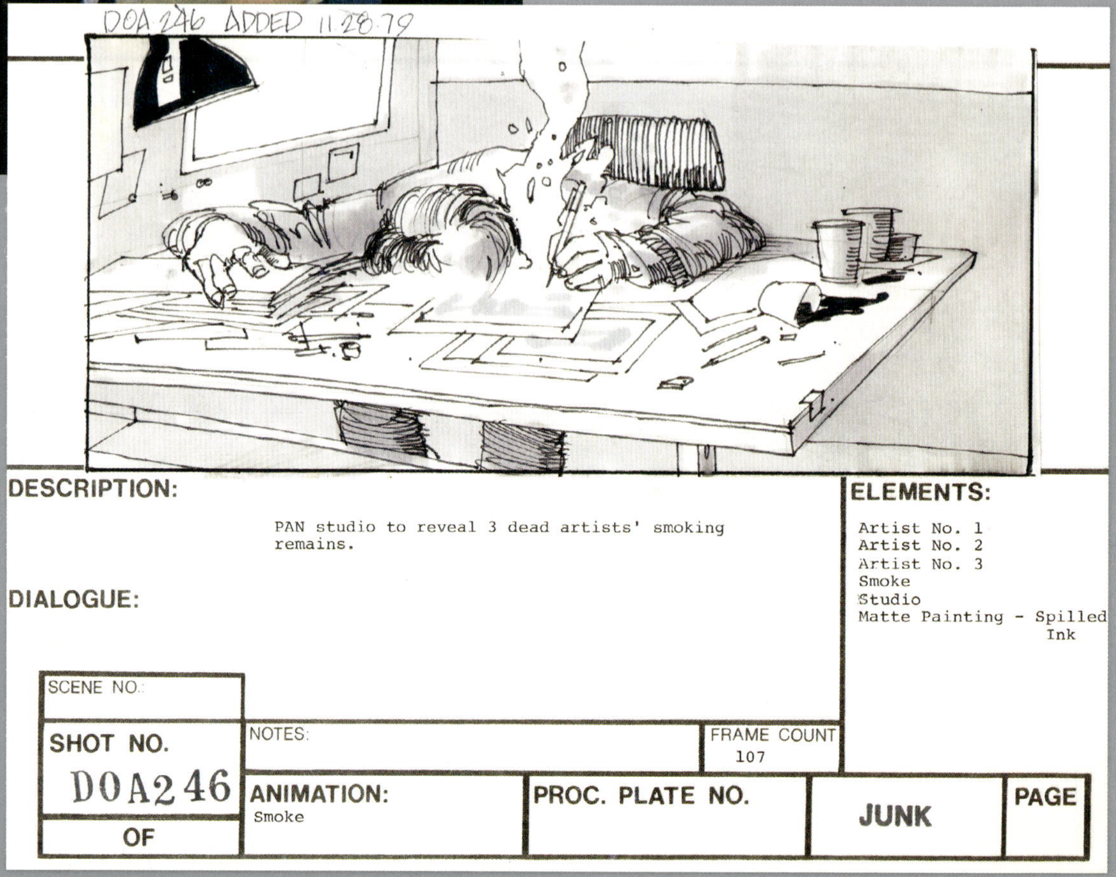

(Oben links) Die fotorealistischen Bilder auf den Schachteln mit Puffs-Kosmetiktüchern erregten 1980 viel Aufmerksamkeit, während eine britische Kinokette Aufkleber verteilte (links). Ein schwedisches Poster von 1980 (oben) betonte die Elemente von Action und Abenteuer im Film.

VON KRITIKERN UND KRITIKEN

George Lucas sagt, dass er Kritiker im Allgemeinen ignoriert. Sicher, als Ganzes genommen hat die *Star-Wars*-Saga ebenso begeisterte wie miserable Kritiken geerntet. Schließlich gab es in den drei Jahrzehnten tausende von Artikeln und viele tausend Minuten Sendezeit, die mit Neuigkeiten über *Star Wars* gefüllt wurden. Das ursprüngliche *Star Wars* wurde meistens überschwenglich von den Kritikern aufgenommen, die ganz außer sich gerieten über die Frische und den Spaß, aber es gab auch andere wie Pauline Kael, die sich im *New Yorker* bitterlich darüber beklagte, dass »die Lautstärke, die hauruckartige Bearbeitung, das gnadenlose Tempo der Handlung jeden Gedanken aus deinem Kopf vertreibt«, und die darauf bestand, der Film sei »eine Ansammlung von Versatzstücken – er kann einen gefühlsmäßig nicht packen«.

Lucas musste sich außerdem den Vorwurf gefallen lassen, mit *Star Wars* eigenhändig das Filmgeschäft zu »ruinieren«, weil er die Studios dazu treibe, vorwiegend in große Marken oder »Zeltstangen-Filme« zu investieren (so genannt, weil sie in erster Linie als Stütze für ein Studio dienten und halfen, die Flops auszugleichen). *Star Wars* war jedoch nicht der erste sommerliche Kassenschlager, der sich an einem Genre orientierte; diese Ehre gebührt dem *Weißen Hai,* der sich im Gegensatz zu *Star Wars* bei Studio und Kinobesitzern von Anfang an größter Beliebtheit erfreute. Man könnte auch anführen, dass kleine, unabhängige Filme jetzt stärker und häufiger waren als jemals zuvor. Wie Lucas in einem Gespräch mit Richard Corliss betonte, dem Kritiker des *Time Magazine:* »Es war das Geld von *Star Wars* und *Der weiße Hai,* das es den Kinos erlaubte, ihre Multiplexanlagen zu bauen … Jetzt hatten sie viele Säle, die sie auch füllen mussten. Also kamen all die kleinen Miramaxe und sagten: ›Wir helfen euch, sie zu füllen.‹ Und so konnten diese Firmen endlich auch etwas Geld verdienen, was dazu führte, dass das noch mehr Leute machten, und dann sagten die Studios: ›O Mann, wenn wir für zehn Millionen einen Film drehen können, ist das keine große Investition, also lasst uns ein Studio eröffnen, das nichts anderes macht, als kleine Filme zu vertreiben.‹«

Wie *Star Wars* erhielt auch *Das Imperium schlägt zurück* fast durch die Bank begeisterte Kritiken, aber die eine Ausnahme, die es immer gibt, stammte von Vincent Canby, einem Mitarbeiter der *New York Times,* der den ersten Film gelobt hatte, aber jetzt klagte: »Als ich mir *Das Imperium schlägt zurück* ansah, stellte ich fest, dass ich beinahe so oft auf die Uhr sah wie an dem Tag, als ich ein wahrhaft schreckliches Machwerk namens *Die Insel* über mich ergehen lassen musste.« Selbst Yoda, den er im Allgemeinen lobt, »kann man nur in kleinen Dosen vertragen, vermutlich deshalb, weil die klugen Sprüche, die er von sich gibt, so klingen, als müssten sie nach einer Melodie von Jimmy Van Heusen gesungen werden.« Es war nicht gerade überraschend, dass Canby und Kael den Kopf schüttelten, weil sie die positiven Kritiken der Mehrzahl ihrer Kollegen einfach nicht fassen konnten.

Bedenkt man George Lucas' Abneigung gegen Kritiker, war es geradezu ein Schock zu sehen, welches T-Shirt er bei den Dreharbeiten von *Episode I* trug. Das T-Shirt war ein selbstironisches Geschenk an ILM-Mitarbeiter gewesen, die an der *Star Wars Special Edition* mitgewirkt hatten, und enthielt den Anfang eines langen Artikels über das *Star-Wars*-Phänomen, den der *New Yorker* im Januar 1997 gebracht hatte, kurz vor der äußerst erfolgreichen Kinopremiere der *Special Edition:* »STAR WARS – ein Film mit Comic-Heft-Figuren, einer unglaubwürdigen Story, ohne politische oder soziale Kommentare, mit lausigen Darstellern, absurden Dialogen und einer lächerlich einfachen Moral. Mit anderen Worten – ein SCHLECHTER FILM.« Der Rest des Artikels war aber eigentlich ziemlich positiv.

This feature is available as ½ Standard;
1/3 Standard; ¼ Standard; Tabloid; ½ Tabloid

THE OFFICIAL STAR WARS FAN CLUB

2, 1981

Los Angeles Times
WARS comic strip.
among many area
to run in the
papers.

suspended another
tters and phone
ted B.C.

and want to continue
telephone the news-
The address is:

terest in STAR WARS.

Garrett
STAR WARS Fan Club
m Ltd.

Y THE FORCE BE WITH YOU

2202 • SAN RAFAEL, CALIFORNIA 94912

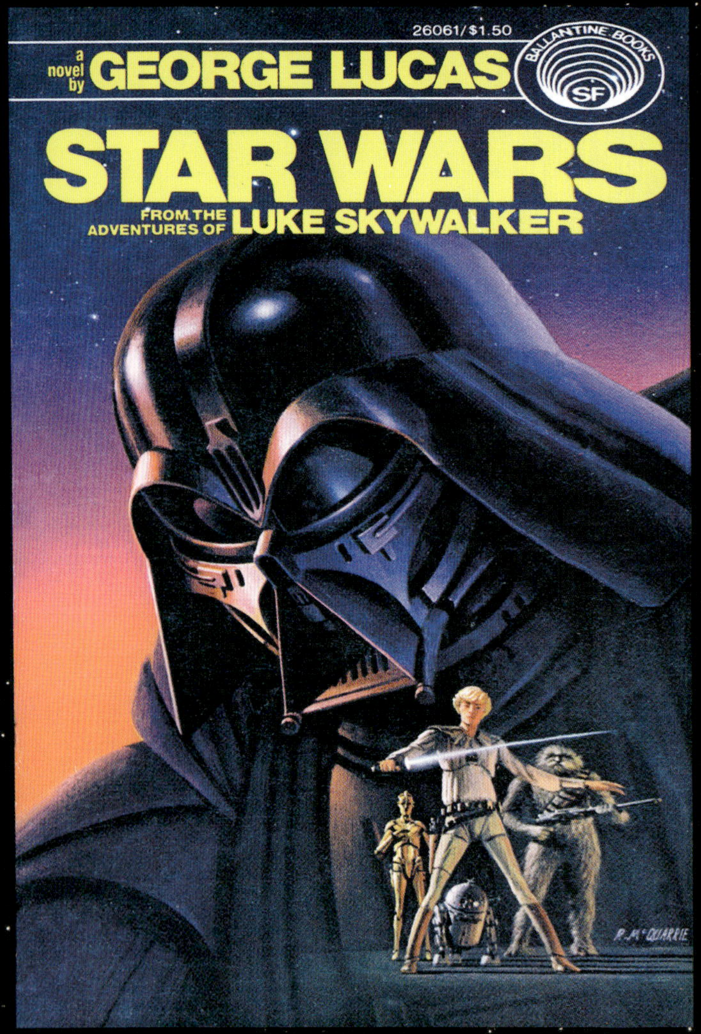

Die ursprüngliche Romanfassung (oben rechts, mit einem Cover und zwei Entwürfen von Ralph McQuarrie, 1976) führte zu einem phänomenalen Interesse an Romanen und Comics. Starke Covers spielten eine große Rolle, wie der 1995 entstandene »Fantastische Realismus« (Insert) von Wojciech Siudmak auf den Titeln einer französischen Star-Wars-*Reihe und den beigelegten Postkarten.*

STAR WARS SCHWARZ AUF WEISS

Die beliebteste Figur des »erweiterten Universums« ist Timothy Zahns Mara Jade, die auszieht, um Luke Skywalker zu töten, und schließlich seine Frau wird. Mara wurde sogar »gecastet« und erschien auf manchen Produkten als Frau in Fleisch und Blut. Sie bekam auch eine eigene Actionfigur (vorige Seite, 1999).

Für eine Filmserie, die so sehr auf visuelle und akustische Effekte angewiesen ist, hat *Star Wars* eine ganz erstaunliche Anzahl von Romanen und Sachbüchern hervorgebracht. Es begann alles mit der Romanfassung des ursprünglichen Films Ende 1976, die ebenso als Werbemittel für den Filmstart wie als Geldquelle gedacht war. Das Buch verkaufte sich rasend schnell, und schon nach wenigen Monaten war die erste Auflage von 125 000 Exemplaren vergriffen. Obwohl in der Zeit der ursprünglichen Trilogie eine Anzahl Bücher erschien, waren wenige Romane darunter, besonders deshalb, weil die Autoren keine Personen oder Handlungen weiterentwickeln konnten, die Lucas vielleicht in künftigen Filmen noch benötigte.

Das änderte sich alles 1991, als die *Star-Wars*-Lizenz aus einem selbst auferlegten Dornröschenschlaf erwachte, der nahezu sechs Jahre gedauert hatte. Den Anfang machte die Veröffentlichung von *Erben des Imperiums,* eines Romans von Timothy Zahn, der die Geschichte der *Star-Wars*-Gang einige Jahre nach ihren Abenteuern in *Die Rückkehr der Jedi-Ritter* erzählt. Er stand erstaunliche neunundzwanzig Wochen auf der Bestsellerliste der *New York Times. Erben* war lediglich das erste Buch einer Trilogie von Zahn, die bekannte Figuren wieder zum Leben erweckte. Er führte auch die beliebteste neue Einzelperson im erweiterten *Star-Wars*-Universum ein: Mara Jade, eine ehemalige Attentäterin der dunklen Seite, die geschworen hat, Luke Skywalker zu töten, sich aber schließlich in ihn verliebt und ihn heiratet.

Die Statistik der Veröffentlichungen ist unglaublich. Mehr als zweiundsiebzig Millionen *Star-Wars*-Bücher sind bereits erschienen, und über siebzig Titel haben es seit *Erben* in der *New York Times* zu Bestsellerehren gebracht. Die Bücher wurden in mehr als dreißig Sprachen übersetzt und in nahezu doppelt so vielen Ländern veröffentlicht. Einige der Romane bildeten die Grundlage für Comic-Serien, und manche Figuren des erweiterten Universums haben sich den Helden und Bösewichten der Filme als Actionfiguren hinzugesellt. Heute machen diese Bücher, von denen viele ausdrücklich für jüngere Leser geschrieben werden, aus ihren Lesern Fans der Saga – und aus den Fans Leser.

RACHE ODER *RÜCKKEHR*

Sich auf den richtigen Filmtitel zu einigen, kann manchmal ebenso lange dauern wie die Produktion des Films selbst. Ruft der Titel die gewünschte Reaktion hervor? Verrät er zu viel? Stößt er das Zielpublikum vor den Kopf? Jeder *Star-Wars*-Titel musste sich diesen Fragen stellen, aber keiner mehr als *Die Rückkehr der Jedi-Ritter* (*Return of the Jedi*). Oder hieß er *Die Rache der Jedi* (*Revenge of the Jedi)?* Manche Fans nennen das letzte Kapitel der Saga immer noch zwanglos bei seinem ursprünglichen Titel. Und das ist kein Wunder, denn die Marketingmaschinerie lief schon auf Hochtouren, als die Titeländerung wenige Monate vor der Premiere bekannt wurde.

Damals sagte ein Firmensprecher, dass der Film das Wort *Rückkehr* im Titel tragen müsse und Jedi-Ritter keine Rache nehmen. »Zorn ... Furcht ... Aggression. Die dunkle Seite der Macht das ist«, sagt Yoda. Aber anscheinend hatte es intern eine Debatte gegeben, bei der Produzent Howard Kazanjian der Meinung war, Rache sei stärker, während George Lucas immer deutlicher zu der Auffassung gelangte, dass dieses Wort einfach nicht zu dem Film passte.

Als die Premiere nahte, führte Lucasfilm im November 1982 unauffällig Markforschungen durch, um herauszufinden, ob *Rache* oder *Rückkehr* für das Zielpublikum der geeignetere Titel war. Das führte zu zwei Ergebnissen: Während das Segment der unter Dreißigjährigen und die beinharten Fans meinten, *Die Rache der Jedi* sei der bessere Titel, fühlten die über Dreißigjährigen sich von den negativen Anklängen dieses Titels abgestoßen und bevorzugten *Rückkehr.* »Wenn es in der Saga weiter um das Thema Gut gegen Böse geht, das bisher im Mittelpunkt stand, ist *Rückkehr* gegenüber *Rache* die bessere Wahl, um diese Botschaft zu transportieren«, besagte der Bericht. Als die Marktforschung George Lucas' intuitives Gefühl bestätigt hatte, erfolgte die wahrscheinlich denkwürdigste Titeländerung in der Filmgeschichte.

Die Medien verbreiteten die Umbenennung am 27. Januar 1983, und prompt beeilten sich die Fans, jeglichen Materials habhaft zu werden, auf dem das ursprüngliche Wort *Rache* stand. Der erste offizielle Artikel, auf dem es prangte, war ein wiederverwendetes Poster von *Star Wars* vom April 1982 gewesen, auf dem ein schmaler Streifen eine Vorführung des

RESEARCH FINDINGS

- As would be expected, most respondents have seen the Lucas Films...many are repeat viewers ------ (See Tables 1A,1B,2A & 2B)
- When asked to choose between RETURN OF THE HERO and REVENGE OF THE HERO, a majority (53%) indicate that they would go to see RETURN OF THE HERO ------ (See Table 3A)
- Youngers (51%), however tend to opt for REVENGE OF THE HERO, while older respondents (63%) prefer RETURN OF THE HERO------ (See Table 3A)
- Respondents who reside in the smaller SMSA's (Cincinatti and Phoenix), lean toward RETURN OF THE HERO (58%), while residents of the larger SMSA's (Los Angeles and Houston) split their selections------ (See Table 3A)
- When asked to choose between RETURN OF THE JEDI and REVENGE OF THE JEDI, over half (55%) feel they would go to see REVENGE OF THE JEDI.------ (See Table 3B)
- This majority viewpoint comes from people under 30 and respondents from the larger cities------(See Table 3B)
- Reasons given for selecting RETURN OF THE HERO over REVENGE OF THE HERO include: revenge sounds too violent, don't like the concept of revenge, revenge sounds bad/negative and return sounds pleasant/positive------ (See Table 4A)
- Reasons given for selecting REVENGE OF THE HERO over RETURN OF THE HERO include: sounds more exciting, more action, return sounds boring and like concept of revenge------ (See Table 6A)
- Respondents selecting RETURN OF THE HERO think it would be about: a hero returning, hero does something good, part of a sequel and similar to Superman------ (See Table 5A)
- Respondents selecting REVENGE OF THE HERO think it would be about: a hero getting revenge, revenge, science fiction and violence------(See Table 7A)
- Reasons given for selecting REVENGE OF THE JEDI over RETURN OF THE JEDI include: sounds more exciting, like the concept of revenge and sounds more interesting----- (See Table 6B)
- Reasons given for selecting RETURN OF THE JEDI over REVENGE OF THE JEDI include: revenge sounds too violent, revenge is a negative word/bad, dislike revenge concept, sounds more interesting and sounds more pleasant/positive------ (See Table 4B)
- Respondents selecting REVENGE OF THE JEDI think it would be about: outer space, revenge/getting even, next in Star Wars/Empire Strikes Back sequels and Jedi to be revenged------(See Table 6B-1)
- Respondents selecting RETURN OF THE JEDI think it would be about: next in Star Wars/Empire Strikes Back sequals, science fiction, Jedi returns, outer space and Luke Skywalker------(See Table 4B-1)

This research has not developed a definitive conclusion, from a statistical point of view. However, directional implications may most surely be drawn.

COREY
CANAPARY
McCULLOUGH

RESEARCH FINDINGS

If targeting is to be directed primarily towards the under 30 segment/core fans, the statistics suggest that REVENGE OF THE JEDI may be the most appropriate/effective title. If, on the other hand, the core/fan base is to be expanded to reach more of the older/over 30 market, serious consideration should be given to utilizing the title RETURN OF THE JEDI.

- While younger respondents are somewhat excited by the term revenge, many movie goers over 30 are turned off by its violent connotations.
- The implications of the term revenge do not fit the good guy/Jedi image as portrayed in the first two installments of the Star Wars saga.

In conclusion, if the saga is to continue with the good versus evil theme it has delivered to date, return, rather than revenge might be more effective in communicating this message.

###

Sinnen Jedi auf Rache? Auf diese Frage lief es 1982 bei der berühmtesten Titelumbenennung der Filmgeschichte letzten Endes hinaus. Ein Argument dafür, Rache im Titel zu belassen, bestand darin, dass die Lizenznehmer schon mit der Vermarktung begonnen hatten. Selbst das Gutachten (oben) ergab nur: »einerseits … andererseits«.

Die Yoda-Aufkleber (oben) wurden 1981 bei Jedi *benutzt, um Ausrüstung und Filmrollen kenntlich zu machen. Für diesen Film wurde mehr in den USA gedreht als für die beiden früheren Filme zusammen, wie dieser Ablaufplan für einen Dreh in Crescent City/Kalifornien zeigt, das für den Waldmond Endor herhalten musste.*

BLUE HARVEST

FOREST 2ND UNI

LOCATION CALL SH

Day of Shooting: 16

Picture:	Shooting Call:	Producer:	Date:
BLUE HARVEST	8AM	H. Kazanjian	Thursday, May 27, 1982
LEAVE HOTEL:	7AM		Director:
LOCATION: Crescent City, Calif.			David Tomblin

SC NO.	SET DESCRIPTION	D/N	PAGES	LOCATION
FIRST UNIT				
Brd.#119-6,7,50,51	Log roll			LOCATION #2
Brd.#115-24	Re-take Ewok on walker foot			
Brd.#115-61	Re-take hang glider landing			
Brd.#115-21,29	Fight on walker top			ROAD
	Log swing			
	Bosun's chair			
ILM UNIT				
	Speeder's POV			LOCATION #2
C Camera	Branch shots			

ADVANCE

DAY/DATE	Scenes	Pages	Location
Friday, May 28	Speeder POV'S		BUNKER
	Bolas hit Ewoks		
	Blow up bunker		
Saturday, May 29	Piper cub gag		SEAVIEW AVIATIC

NOTE: The entire company-cast and crew alike should be aware that the SET IS CLOSED. No husbands, wives, children and/or friends will be allowed to visit the set. NO VISITORS!

Conditions:
Cover Set:

Call and Bill	Part Of	Lv. Hotel	Makeup	On Set
Kenny Baker	WICKETT	7A	7:30A	8A
J. Purvis	TEEBO			
M. Edmonds	LOGRAY			
W. Davis (M)	WARWICK	9A	9:30A	10A
Felix Silla	STUNTS	8A	8:30A	9A
Kevin Thompson		7A	7:30A	8A
J. LeFlore				
L. Holt				
D. Zormeier		8A	8:30A	9A
D. Rogers		7A	7:30A	8A
M. Gildon				
C. Romano				
M. Cassidy				
S. Gross		8A	8:30A	9A
T. Grossman		7A	7:30A	8A
T. Cox		8A	8:30A	9A

No.	Extras	Report to	On Set
2	Standins (Robert, Gary)	Saxton's	7A
8	Stormtroopers		
21	Ewoks	Hotel	

No	Crew	Hotel	Lv. Hotel
1	Director		7A
1	Unit Spvsr.		
1	Cameraman		
1	Cameraman-ILM		
1	1st Asst. Dir.		
1	Art Dir.		
1	Production Des.		
1	2nd. Asst. Dir.		
1	Script Spvsr.		
2	Prod. Asst.		
2	Cam Op		
2	Cam Op ILM		
6	Cam Assts.		
2	Cam Asst. ILM		
4	Firemen		6:30A
1	Stnt. Coord.		7A
1	Makeup		
7	Creature MU		
–	Hairdresser		
1	Teacher		9A
16	Costumers		7A
1	Gaffers		
4	Electricians		
1	Key Grips		
4	Grips		
3	Prop Crew		
9	Special EFX		
19	Fern Brothers	(see Doug)	
1	Painter		
1	Gen. Op.		6:30A
1	First Aid		6:30A
	Construction		See De
3	Craft Service		7A
1	Local Contact- Lennie Fike		O/C

TRANSPORTATION

Note: All calls per Cptn unless otherwise noted

Car		ward on loc
Car		
Car		Honeywgn on loc
Car		
Bus		
Bus		
Camera-Sound	on loc	
Prop	on loc	
Grip-Elec.	on loc	
Generator	on loc	
Utility Trk.		
Set Dress. Trk.		
Constr. Trk.		

No.	Meals	Rdy @
X	brkfst	8A
180	lunch	2P
	dinner	

Dept.	SPECIAL INSTRUCTIONS:
	ALL DEPTS: The viewing of dailies is restricted. Please check with the Production office before attending screening.
Props	hang glider
SFX	walker foot

* THIS FILM IS STRICTLY CONFIDENTIAL!
DO NOT DISCUSS YOUR WORK WITH OUTSIDERS.

Rache-Trailers ankündigte. Später waren Werbematerialien wie ein großes Faltposter, das der *Daily Variety* beigelegen und die bevorstehende Premiere bekannt gegeben hatte, in Umlauf gekommen. Zwei *Rache*-Teaser-Poster – eines, das den 25. Mai 1983 als Premierendatum nannte, und eines ohne diesen Zusatz – waren bereits an Kinos verschickt gewesen, als Twentieth Century Fox von der Titeländerung erfuhr. Nach Bekanntgabe der Umbenennung wurden die meisten restlichen *Rache*-Plakate angeblich vernichtet, aber Mitglieder des Official *Star Wars* Fan Clubs hatten sich für zehn Dollar das Stück 6800 Exemplare reservieren lassen. Sammler mussten dafür 200 Dollar hinlegen, trotzdem waren sie nach zwei Wochen ausverkauft.

Das *Rache-Rückkehr*-Spiel war zwar einer der Höhepunkte der *Jedi*-Kampagne gewesen, aber bei den Dreharbeiten zu *Jedi* in den USA war sogar noch ein dritter Titel verwendet worden. Um Gaffer und die Medien von den Drehorten in Kalifornien und Arizona fernzuhalten, waren spezielle Hemden, Kappen, Buttons und Regenponchos angefertigt worden, die den Aufdruck *Blue Harvest: Horror Beyond Imagination* trugen. Einige eiserne Fans durchschauten die List sofort, weil der Schriftzug dem des *Star-Wars*-Logos entsprach, aber es schirmte die Crew vor den meisten neugierigen Blicken ab.

CALENDAR

PSST! GOT ANY 'JEDI' POSTERS?

By MICHAEL LONDON

The hottest item in the Hollywood memorabilia biz: posters for "Revenge of the Jedi."

Why? Because the title of the third installment in the "Star Wars" saga, scheduled for release in May, is now "Return of the Jedi."

The change was made quietly in recent weeks by producer George Lucas' Lucasfilm company. That instantly turned the "Revenge" posters, which theaters began tacking up at Christmastime to promote the film, into collector's items worth up to $200, with the outer galaxies being the limits.

"It's one of the most sought-after posters I can remember," said Eric Caidin, owner of the Hollywood Book and Poster Co. off Hollywood Boulevard. Caidin sold the original "Revenge" posters for $25. After the name change, they escalated to between $75 and $100.

But don't head down to Caidin's shop with your C-notes quite yet. He's sold out, as are most local dealers. "Everybody's anxious to locate more of them," he said. "Assuming they can be found. Nobody in town seems to have any."

Caidin said he received a call from a New York dealer offering to sell 10

Jedi master Yoda: Does he get revenge in "Return of the Jedi"?

"Revenge" posters for $100 each. "That was his *wholesale* price," Caidin said. "I've never heard of anything like that." He turned down the offer.

In St. Louis, Roger Sapp at Bijou Collectibles has two of the rarities left and is holding out for $200 each. "I'm trying to buy more myself at a decent price," he said.

The hysteria is such that rumors of a plot to destroy the remaining "Revenge" posters are sweeping panicky collectors.

According to rumors that surfaced at Sapp's store and others in the Midwest, Lucasfilm officials descended on a branch office of the National Screen Service—distributor of the posters—to supervise destruction of the remaining stock. They videotaped the shredding and carried the tape home to Lucas to show him—or so the story goes.

Both Lucasfilm and National Screen Service scoff at the tale. The remaining posters are still being warehoused, they say.

Given the cutthroat competition, how's the average "Star Wars" fan to get in on the action? Ah, but the average fan may have the last laugh.

In the soon-to-be-distributed February issue of the "Star Wars" newsletter, fan club members will be offered the poster as a collector's item for the bargain price of $9.50.

But that's only for members, stressed Lucasfilm's Maureen Garrett, president of the fan club. "We're a service organization for people who are faithful supporters of the 'Star Wars' saga," she said. In other words, no dealers need apply.

The fan club ordered 6,800 posters from the initial printing of about 8,800, according to Kelly Miller, national advertising production manager at 20th Century-Fox, which is distributing the film. The other 2,000 were earmarked for distribution to theaters. But a number of "Revenges" obviously slipped into the collectors' netherworld.

"Steps are being taken to stop those leaks," Miller said sternly. And once the final "Return" posters become available around Easter, any undistributed "Revenge" posters will be destroyed—without exception. "We pay a hefty fee to make sure it's done right," Miller said.

Lucasfilm, meanwhile, is a bit chagrined by the high-priced poster mania, particularly because it calls attention to the mysterious name change.

The change is so mysterious, in fact, that some Lucasfilm officials still seem to be grappling with its finer points. According to marketing assistant Susan Trembly, the title was always "Return of the Jedi." "Revenge of the Jedi" was a ruse adopted temporarily as a "working title."

How's that again?

"Working titles assist production companies in going about their business in various areas while not giving away the actual plot of the story during that time," she explained.

It remains unclear how *revenge* concealed the plot while *return* would have revealed it. It also isn't clear why Lucasfilm distributed posters and even a theatrical trailer—still showing in local movie houses—with the incorrect "working" title.

Whatever the facts, the episode won't be a fond memory for those collectors who shelled out $50 or $100 or more for posters that wound up selling for $9.50.

"Yeah, I guess not," said poster-shop owner Caidin when informed of the fan club offering. "That'll come as a shock to a lot of people." Then he added, "It's a good thing I belong to the club." □

Jedi wurde 1982 unter dem Decknamen *Blue Harvest* gedreht, vermeintlich ein Horrorfilm, um Fans und Presse fernzuhalten. Das Logo wurde überall aufgedruckt, vom Büromaterial bis zu Regenjacken. Nach der Titeländerung von *Rache* zu *Rückkehr* wurde das Promo-Poster für Kinos (oben ein Prototyp) ein heiß begehrtes Sammlerstück, wie ein Artikel von 1983 in der *Los Angeles Times* feststellt (links).

BLUE HARVEST
HORROR BEYOND IMAGINATION

Jedi führte die primitiven, aber tapferen Ewoks ein, die von den Häschern der Rebellenhelden (nächste Seite, oben links) zu ihren Rettern wurden und am Schluss des Films gemeinsam mit ihnen den Niedergang des Imperiums feiern (Filmbild links; Richard Marquands Skizze der Szene im Insert oben). 1982 gibt Mark Hamill Fans in Yuma/Arizona, die sich vom »Tarntitel« der Produktion nicht zum Narren halten lassen, Autogramme.

DIE LETZTE EPISODE – ABER VIELLEICHT NICHT DER LETZTE FILM

Die Rückkehr der Jedi-Ritter hatte am 25. Mai 1983 Premiere, auf den Tag genau sechs Jahre nach dem Start des ersten *Star-Wars*-Films. Für viele Fans, die ganz aufgeregt waren, weil der Saga ein weiteres Kapitel hinzugefügt wurde, war es ein bittersüßes Ereignis, weil es vielleicht das letzte Kapitel sein würde. Es gab nur den schwachen Hoffnungsschimmer, dass eines Tages die Prequel-Filme mit der Hintergrundgeschichte zu den *Episoden IV*, *V* und *VI* entstehen würden, aber eines war sicher: Die Abenteuer von Luke Skywalker, Han Solo und Prinzessin Leia würden die Fans nicht mehr auf der großen Leinwand verfolgen können.

Da *Jedi* die Trilogie abschloss, war ein Poster nötig, das die Saga im Ganzen wiedergab, nicht einen Film im Speziellen. Frühe Entwürfe zeigen einen verhüllten Jedi-Ritter, was auf das Geheimnis der Macht anspielte, eine Konstante in der gesamten Trilogie. Schließlich stellte sich heraus, dass das Lichtschwert all das verkörperte, wofür *Star Wars* stand: Es war mythisch und doch futuristisch, rief auch die ersten *Star-Wars*-Poster wieder in Erinnerung, die Luke Skywalker zeigten, wie er triumphierend sein Lichtschwert in den Himmel streckt.

Während der ganzen Produktion war die Story von *Jedi* streng geheim gehalten worden, und Besetzung und Crew hatten immer nur die Teile des Drehbuchs erhalten, in denen das stand, was sie unbedingt wissen mussten. Dennoch sickerten Details der Handlung an die Medien durch. Noch schlimmer war jedoch, dass Marvels Comic-Adaption des Films versehentlich schon drei Wochen vor der Premiere ausgeliefert wurde, sodass die Handlung von *Jedi* für jeden, der danach suchte, zu einem offenes Geheimnis wurde.

Eines der größten Geheimnisse des Films war die wichtige Rolle einiger neuer Geschöpfe, die viele mit Teddybären verglichen. Zu seinen Hauptthemen gehört, wie eine primitive Spezies - die Ewoks - dabei hilft, das technisch überlegene Imperium zu besiegen, ein »einfaches

Ein ILM-Künstler benutzt Jabba den Hutt als Symbol dafür, wie die Spezialeffekte-Crew dem Druck standhielt (unten, 1982). (Rechts) Kinoposter von 1983 mit dem symbolträchtigen Lichtschwert.

Volk«, das den militärisch-industriellen Komplex überwindet wie seinerzeit die »primitiven« Vietcong die überlegenen amerikanischen Streitkräfte. Ursprünglich hatten die kleinen Ewoks Wookiees sein sollen, aber Lucas hatte Chewbacca schon als technische Kapazität etabliert. Also schrumpfte er die zwei Meter großen Wookiees auf einen knappen Meter und machte sie auf schaurige Weise knuddelig. Das Problem war nur, dass die Crew keine Zeit mehr fand, die animatronischen Ewok-Gesichtsmasken anzufertigen, die den Wesen mehr Lebendigkeit verliehen hätten, sodass ihre ausdruckslosen Mienen vielen Kindern Angst einjagten und sie nicht nur bezauberten.

Jedi übertraf schon am ersten Wochenende die Einnahmen seines Vorgängers. Nach dem achtjährigen Siegeszug der Saga durch die Kinos sollte ein Dutzend weiterer Jahre vergehen, bis die *Star-Wars*-Saga auf die Leinwand zurückkehrte.

Eine Wand voller Storyboards (1982) zeigt, wie viele Elemente bei der Jagd durch den Wald auf Speederbikes für jede Einstellung nötig waren. Unten: Kleinbild- und Live-Action-Versionen von Mark Hamill auf einem Bike (mit Carrie Fisher und ILM-Künstler Dennis Muren). (Vorige Seite oben) Gleich zu Beginn von Jedi *sind C-3PO und R2-D2 auf einer Mission zu Jabbas Palast; ein Teil der Straße ist Kulisse, aber Palast und Horizont sind kunstvolle Matte-Bilder. (Unten) Für den Furcht einflößenden Rancor versuchte ILM es erst mit einem Menschen in Kostüm und dann mit einer Puppe, bevor sie sich für eine animierte Bestie entschieden.*

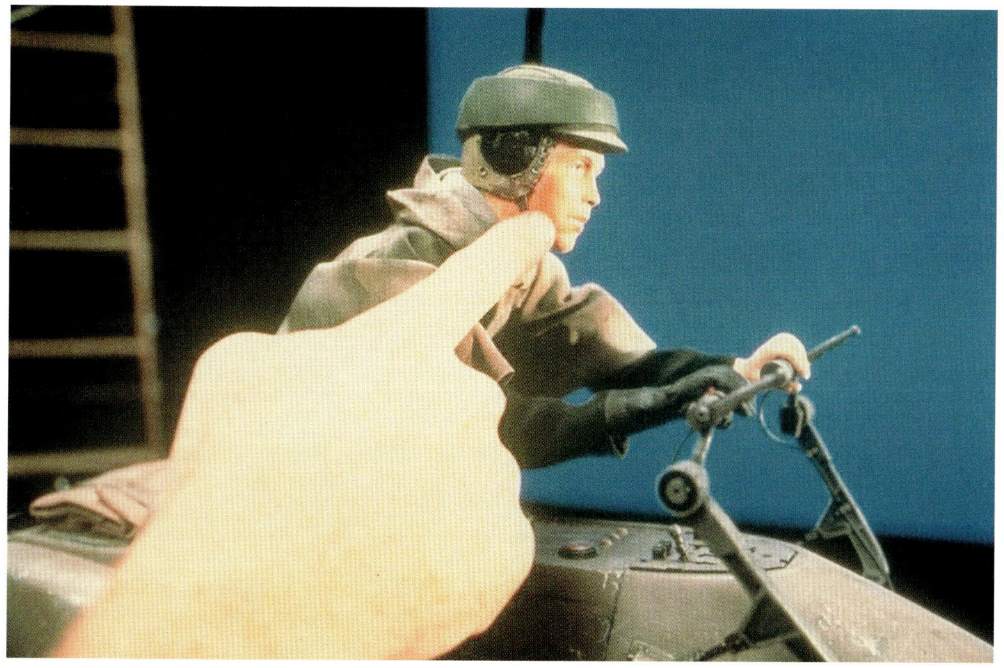

IM LAND DER AUFGEHENDEN ZWILLINGSSONNEN

Dass *Star Wars* auch in Japan mit offenen Armen aufgenommen wurde, hätte man vielleicht am wenigsten erwartet. Die Kultur dieser homogenen Gesellschaft war den Amerikanern immer so anders als ihre eigene erschienen. Doch Japan veränderte sich rasch in den Jahrzehnten nach dem Zweiten Weltkrieg. Eine Gesellschaft, die einmal lediglich als Lieferant von Billigwaren betrachtet worden war, hatte schnell an den Rest der Welt Anschluss gefunden. Gleichzeitig waren die Japaner selbst weltoffener geworden und mehr daran interessiert, fremde Kulturen aufzunehmen – besonders die amerikanische.

Für die Nachkriegsgeneration der Japaner hatte *Star Wars* alles, was sie sich nur wünschen konnte. Noch bevor Lucas' Film dort 1978 startete, war sie in eine Popkultur der Fantasy, riesiger Roboter, die sich verwandeln konnten, und des Weltraums eingetaucht. Den Anfang hatten 1954 Filme wie das Anti-Atomkriegs-Märchen *Godzilla* gemacht, gefolgt von einem wachsenden Markt für Anime-Filme und Manga-Comics, die auf japanischen Figuren wie Astro Boy beruhten. Es gab auch schon aufziehbare und batteriebetriebene Roboter und Fantasy-Figuren, von denen die ersten aus Blechdosen gebaut wurden, die Angehörige der amerikanischen Besatzungsmacht weggeworfen hatten. *Star Wars* passte perfekt hinein mit seinem deutlich zen-artigen Unterton der Macht, den fantasievollen Schwertkämpfen, den Hinweisen auf die feudale und die Samurai-Kultur in den Kostümen von Darth Vader und dem Jedi Obi-Wan Kenobi und sogar einigen Handlungsmomenten, die den großen, von Lucas bewunderten japanischen Filmemacher Akira Kurosawa zum Vorbild hatten. (R2-D2 und C-3PO beruhen entfernt auf zwei Wanderbauern in Kurosawas *Die verborgene Festung*.)

Die Japaner nahmen auch das *Star-Wars*-Merchandising mit offenen Armen auf, wobei die meisten Artikel speziell für den japanischen Geschmack und die dortigen Sitten maßgeschneidert wurden. Im Gegensatz zu dem recht geradlinigen Spielzeug, das Kenner sonst überall auf der Welt anbot, schienen die japanischen *Star-Wars*-Spielzeuge alle etwas zu *tun:* R2-D2 feuerte Geschosse aus seiner Brust ab und schleuderte Scheiben aus seiner Kuppel, ein größerer X-Wing-Jäger ließ sich auseinandernehmen und in fünf andere Geräte verwandeln, selbst die batteriebetriebenen Lichtschwerter waren mit Gels versehen, sodass sie drei verschiedene Farben projizieren konnten. Verkaufsautomaten enthielten in Plastikkugeln kleine *Star-Wars*-Spielzeuge, darunter einen trickreichen R2-D2 aus Metall, der kleine Yen-Münzen annahm wie die alten Münzwechsler, die früher an den Gürteln von Busfahrern hingen. Im Verlauf der gesamten Saga entwickelten die Japaner so innovative Designs (Seidenhemden mit altertümlich wirkenden, holzschnittartigen *Star-Wars*-Aufdrucken) und Merchandising-Artikel (erst kürzlich ein R2-D2-DVD-Player mit drehbarer Kuppel in einem Drittel Originalgröße), dass die amerikanischen Sammler ausnahmslos stöhnten: »Warum können wir hier nicht solche Dinge herstellen?«

Aber der faszinierendste Hinweis auf die gewaltige *Star-Wars*-Macht in Japan war vermutlich die Multimedia-Werbekampagne zwischen 1987 und 1991 für Produkte von National Panasonic, bei der nicht nur die berühmten Figuren verwendet wurden, sondern auch George Lucas selbst.

Das »Super Live Adventure« von 1993 war ein Versuch, aus Star Wars, Indiana Jones *und einigen anderen von George Lucas produzierten Filmen eine große Arenashow zu machen, die durch Japan tourte. Sie verkaufte viel Merchandising, es kam jedoch nie zu Aufführungen in den USA.*

DAS KINO IM KOPF

Im März 1981 bekamen *Star-Wars*-Fans in einer dreizehn Episoden und sechseinhalb Stunden umfassenden Serie des öffentlichen Rundfunks pfeifende Droiden, zischende Lichtschwerter, Blasterfeuer und explodierende Planeten zu hören. Zum ersten Mal waren Zuhörer eingeladen, exotische Schauplätze, ramponierte Sternenschiffe und elende Schurken vor ihrem inneren Auge entstehen zu lassen.

Brian Daley, der Ende der Siebzigerjahre eine Han-Solo-Spin-off-Trilogie geschrieben hatte, schrieb die Serie. Lucas hatte die Rundfunkrechte für einen Dollar seiner alten Universität vermacht, ein Paket, zu dem auch die *Star-Wars*-Handlung gehörte, eine große Menge an Soundeffekten und die ursprüngliche Musik von John Williams. Mark Hamill schlüpfte wieder in die Rolle des grünen Bauernlümmels Luke Skywalker, während Anthony Daniels als unverwüstlicher C-3PO zurückkehrte. Viele Mitglieder der neuen Truppe hatten schon erfolgreiche Kino- und Fernsehkarrieren hinter sich: Perry King (Han Solo), Brock Peters (Darth Vader), Adam Arkin (Fixer), Keene Curtis (Tarkin) und David Alan Grier (mehrere Figuren). Eine neue Generation, die das Radio bisher nur als Domäne der Nachrichtensprecher und Top-Ten-DJs gekannt hatte, konnte entdecken, was dieses Medium wirklich zu bieten hatte. DISC ONE

Im ersten Jahr seiner Ausstrahlung steigerte sich die Anzahl der Zuhörer des *Star-Wars*-Dramas beim National Public Radio um vierzig Prozent, während die zweistündige Handlung des Films auf mehr als das Dreifache der ursprünglichen Länge ausgedehnt wurde. Die Serie beginnt mit einer völlig neuen Szene, die auf einem Satz im Kinofilm beruht. Luke und sein Freund Fixer rasen in ihren T-16-Skyhoppern durch Beggar's Canyon; Luke gewinnt, weil er einige Sekunden einspart, indem er die nahezu unmögliche Aufgabe meistert, durch die »Steinnadel« – eine Felsformation – zu fliegen.

Aufgrund des Erfolges der Serie adaptierten die Produzenten auch *Das Imperium schlägt zurück* fürs Radio, das mit nur zehn Episoden ein wenig kürzer als sein Vorgänger ausfiel, aber erfolgreich die Spannung, das Staunen und den Nervenkitzel der *Star-Wars*-Fortsetzung vermittelte. Der Schauspieler Billy Dee Williams schlüpfte wieder in seine Filmrolle als eleganter Lando Calrissian, während John Lithgow Jedi-Meister Yoda die Stimme lieh. Obwohl auch diese Serie als Erfolg gewertet wurde, führten die anhaltenden finanziellen Schwierigkeiten des öffentlichen Radios dazu, dass der dritte Teil der Saga, *Die Rückkehr der Jedi-Ritter*, zunächst noch warten musste.

Erst 1996 wurde Jedi mit zweimal sechs Episoden im Radio ausgestrahlt. Die Fans können sich jetzt an der gesamten Hörspiel-Trilogie als CD-Set erfreuen: ein unvergessliches Abenteuer aus vierzehn Stunden Kino im Kopf.

Die Imperium-Hörspielfassung von 1983 hatte Star-Besetzung (Seite gegenüber, von links: Mark Hamill, Anthony Daniels, Ann Sachs, Perry King und Billy Dee Williams). Es gab jede Menge Anzeigen und Promotion, darunter ein Yoda-Kolorierungs-Wettbewerb (Insert, 1983) und ein Rezept für »Yodas unglaublichen Kräutereintopf«.

ZEICHENTRICK-ABENTEUER

Die erste Gelegenheit, ein *Star-Wars*-Zeichentrick-Universum zu erkunden, hatte sich mit dem *Star Wars Holiday Special* ergeben, das ansonsten besser dem Vergessen anheimfallen sollte; aber die neunzig Minuten lange Varieté-Show enthielt auch einen zwölfminütigen Zeichentrick-Abschnitt. Für diesen Kurzfilm hatte Lucas sich an Nelvana Studios gewandt, eine kleine kanadische Firma, die im Dezember 1977 eine halbstündige Weihnachtsshow namens *A Cosmic Christmas* produziert hatte. Die Animation war von einer Qualität, die Lucas an den französischen Comic-Künstler Moebius erinnerte, der für seine organischen und farbenprächtigen Science-Fiction-Zeichnungen berühmt ist.

Für viele Fans ist der Zeichentrick-Abschnitt deshalb so denkwürdig, weil in ihm der Kopfgeldjäger Boba Fett seinen ersten Auftritt hat – nahezu zwei Jahre vor seinem Kinodebut in *Das Imperium schlägt zurück*. Die Fans bejubelten auch die Synchronisation durch die Originalbesetzung des Films, darunter Mark Hamill, Harrison Ford, Carrie Fisher, Anthony Daniels und James Earl Jones.

Die Zeichentrick-Serien *Droids: The Adventures of R2-D2 and C-3PO* (Freunde im All; Droids) und *Ewoks* (Die Ewoks) gaben im Herbst 1985 am Samstagmorgen auf ABC ihr Debut und brachten Handlungen, die in den Jahren vor *Star Wars (Droids)* und *Die Rückkehr der Jedi-Ritter (Ewoks)* angesiedelt waren. Während der Stil von *Droids* dem ähnelte,

Droids *benutzte den gleichen realistischen Zeichenstil wie das* Holiday Special *von 1978 (ganz oben links) und hatte ein etwas älteres Zielpublikum als das auf Kinder ausgerichtete* Ewoks, *das eine weichere Linienführung und einen derberen Humor hatte.*

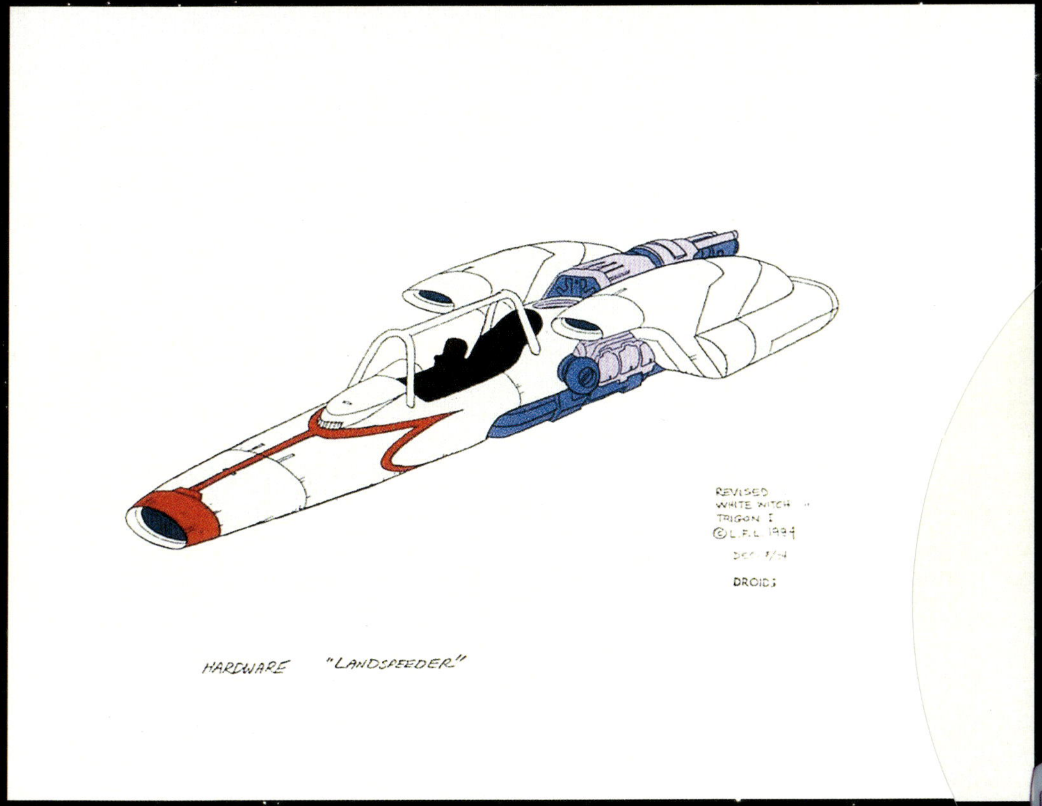

Anhand von Modell- und Figurenblättern (links oben und unten) und solchen, die Größenverhältnisse zeigten (unten rechts), tuschten und kolorierten die Animatoren jedes Bild auf durchsichtigem »Zelluloid« (Insert), das dann auf den gemalten Hintergrund gelegt wurde (1984).

Die einzelnen Folgen von Clone Wars waren zwar sehr kurz (unten und [illegible]s, 2003-2004), präsentierten aber kantig gezeichnete und actionreiche Details der Zeit zwischen Episode II und III. Die Serie brachte Star Wars einer neuen Generation nahe und diente sogar als Einführung für den neuen Schurken in Episode III – General Grievous (oben).

der im *Holiday Special* zu sehen war – eckig, Hightech-artig und bunt –, war *Ewoks* mit mehr Erdtönen ausgeführt, brachte üppige, organische Hintergründe und weichere Figuren. Für die Fans, die immer noch an der unsicheren Kinozukunft von *Star Wars* zu knabbern hatten, waren die Zeichentrickserien eine Offenbarung. Aber *Droids* erwies sich als zu teuer und zeitaufwendig für das Samstagmorgen-Fernsehen und lief nur eine Staffel lang. *Ewoks* hielt über zwei Staffeln durch und endete nach sechsundzwanzig Folgen.

Beinahe zwanzig Jahre sollten vergehen, bevor wieder ein *Star-Wars*-Zeichentrick-Film ausgestrahlt wurde. Als Lucas die Handlungen seiner letzten beiden Filme entwickelte, wurde ihm bewusst, dass es zwischen der zweiten und dritten Episode einen geeigneten Zeitabschnitt für Zeichentrick-Abenteuer gab. Die Klonkriege, auf die Obi-Wan Kenobi sich in *Star Wars* bezogen hatte, lieferten reichlich dramaturgische Möglichkeiten. Die *Clone-Wars*-Zeichentrick-Serie startete 2004 mit zwanzig Drei-Minuten-Episoden auf Cartoon Network, was die Vermarkter veranlasste, den Begriff »Mikro-Serie« zu prägen. Die Serie folgte Anakin, Obi-Wan und den Jedi in ihrem Kampf gegen die Handelsföderation, die am Ende von *Angriff der Klonkrieger* gegen die Republik in den Krieg gezogen war. Genndy Tartakovsky hatte die Folgen entwickelt, dessen *Samurai-Jack*-Serie die für *Clone Wars* perfekte Verbindung von Stil und Erzählweise aufwies. Eine zweite Staffel mit fünf längeren Zwölf-Minuten-Episoden folgte und mündete in die aus *Die Rache der Sith* bekannten Ereignisse.

(Im Uhrzeigersinn von oben links): Modell- und Farbblätter (2003) sowie Schlüsselbilder für die Animation, die unter der Leitung des talentierten Genndy Tartakovsky entstanden. Die Bild-für-Bild-Animation erfolgte dann großteils in Asien. (Links) Das nächste Highlight in der Star-Wars-*Animation: eine von Lucasfilm produzierte* Clone-Wars-*Serie für 2008, die digitale Animation und Figuren wie diesen Yoda präsentiert.*

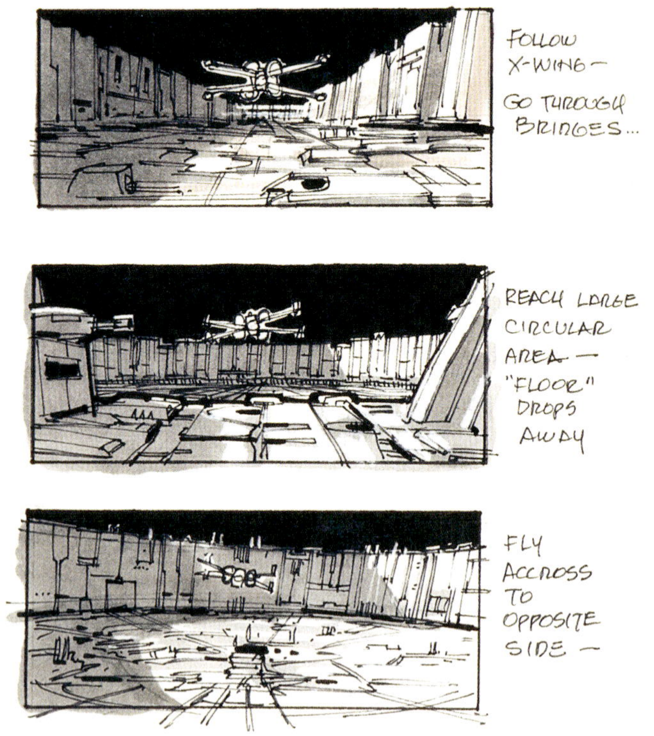

EIN FLUG ZUM MOND VON ENDOR

Da nun keine *Star-Wars*-Filme mehr im Kino liefen und auch nirgendwo auf der Welt weitere *Star-Wars*-Artikel entstanden, suchte Lucasfilm nach neuen Möglichkeiten, um *Star Wars* im Bewusstsein der Öffentlichkeit zu halten, während die Firma auf ihr zehnjähriges Jubiläum im Jahre 1987 zusteuerte. Eine Möglichkeit bestand darin, *Star Wars* einen festen Platz an einem Ort zu verschaffen, den Familien lieben: Disneyland. Star Tours, eine Art Flugsimulation – die erste ihrer Art –, schießt die Gäste auf eine schaurige »Tour« durch die *Star-Wars*-Galaxis mit TIE-Jägern, die sie verfolgen, riesigen kometengleichen Eishöhlen und einem voll funktionsfähigen Todesstern. Das Ganze wurde von Disney's Imagineering Group und ILM entwickelt. Star Tours wurde am 8. Januar 1987 mit einer Feier eröffnet, die der Premiere eines neuen *Star-Wars*-Films in nichts nachstand.

Zwischen neunzehn Uhr und Mitternacht drängten sich am Abend der Eröffnung die ersten Sternentouristen an einem animatronischen C-3PO und einer Schar weiterer Droiden vorbei in den »Wartungshangar«, wo sie aus ihrer erdgebundenen Umgebung in die *Star-Wars*-Galaxis wechselten. An Bord ihres Shuttles – eine von vier großen Kabinen mit Sitzplätzen für mehr als dreißig Personen und einem gewaltigen Monitor im Cockpit – wurden die Gäste gebeten, sich anzuschnallen, ihre Habe gut zu verstauen und sich auf den Start zum Mond von Endor vorzubereiten. Der Droidenpilot RX-24 oder »Rex« tröstete die nervösen Passagiere, indem er ihnen mitteilte, dass dies auch sein erster Flug wäre. DISC TWO

Als Rex an Endor vorbeischoss, musste er seinen Starspeeder 3000 durch Kometenschweife, um TIE-Jäger herum und in den Graben des Todessterns steuern. Die Bilder und simulierten Schwerkrafteffekte beutelten die Passagiere so sehr, dass sie die Kabine atemlos und aufgeregt verließen und dabei die *Star-Wars*-Musik pfiffen. Star Tours wurde ein Riesenerfolg und war auf Jahre hinaus die Hauptattraktion von Disneyland. Seine Beliebtheit führte zur Errichtung ähnlicher Anlagen in Disneys Themenparks in Florida, Tokio und Paris.

Während der letzten Jahre hat Disney die Präsenz von *Star Wars* noch einen Schritt weiter getrieben, indem es *Star-Wars*-Wochenenden veranstaltet, die in Disneyworld jedes Jahr an mehreren aufeinanderfolgenden Wochenenden angeboten werden; die Events wimmeln von Shows mit *Star-Wars*-Thematik – etwa einer Trainingsakademie für junge Jedi – und prominenten Gästen von vor und hinter der Kamera.

Auf die Storyboards, Requisiten und Dreharbeiten des 1987 entstandenen Films für Star Tours *verwandte ILM so viel Sorgfalt und Mühe wie für einen ausgewachsenen* Star-Wars-*Kinofilm. Auch zwanzig Jahre später ist er noch sehenswert.*

Das Storyboard für die gesamte Fahrt (oben, 1985) musste nicht nur berücksichtigen, dass der Film auf einer großen Leinwand gezeigt wurde, sondern auch die audio-animatronischen Handlungen des Piloten Rex und die Action auf einem TV-Monitor. Bei den ersten Tests arbeiteten die Bewegungssimulatoren der Starspeeder-Kabine so ruckartig, dass die als Scherz gedachten Beutel gegen »Raumkrankheit« (Insert, 1986) von einigen Testern tatsächlich benutzt wurden.

Greetings from
ENDOR!

STAR
TOURS

8888

STAR
TOURS
Please plan to ride
the Simulator between
2:30 and 3:00.
Walt Disney
Imagineering
SHARING
THE MAGIC
OPEN HOUSE 1986
SHARING
THE MAGIC
OPEN HOUSE
ADMISSION
June 22, 1986
2:30

Deluxe
Accommodations
EXPERIENCE
BIG GAME
FISHING
ON BEAUTIFUL
State-Of-The-Art
Equipment, Including
The Fastest Ships
NABOO
UNDERWATER PARADISE
STAR
TOURS
THE LEADER IN GALACTIC SIGHTSEEING

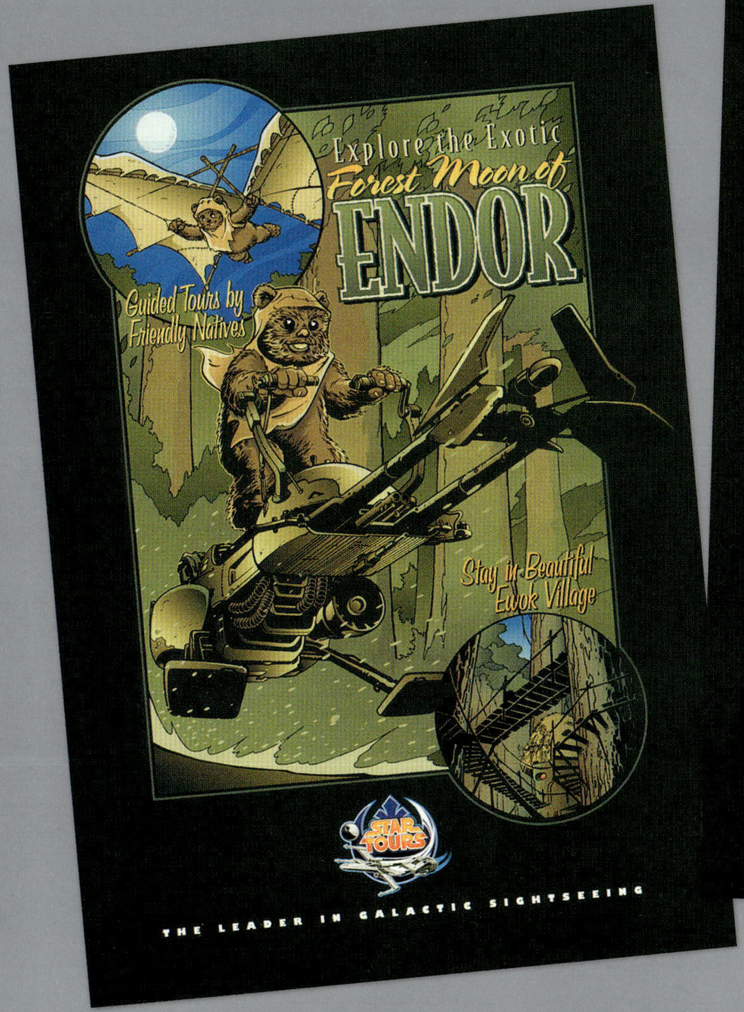

Star Tours und andere Star-Wars-Attraktionen schmücken mittlerweile die Disney-Parks in Kalifornien, Florida, Japan und Frankreich. Im Laufe der Jahre haben Werbung und Merchandising einige wunderschöne Illustrationen, Broschüren und andere Souvenirs (1986-2003) hervorgebracht.

IST DER ALTE BEN KENOBI EIN FLIPPER-KÖNIG?

Seit die erste krude Version eines *Star-Wars*-Videospiels, die dem *Imperium* nachempfunden war, 1982 für Atari herauskam, sind Dutzende solcher Spiele auf den Markt gebracht worden. Schon davor hatte sich die weit, weit entfernte Galaxis in das Reich der großen Jungs gedrängt: Flipper-Automaten und Videospiele zogen einem in Vergnügungshallen das Geld aus der Tasche. Obwohl die großen Fortschritte in der Home-Video-Technik diesen Vergnügungshallen das Geschäft ziemlich erschwerten, gibt es noch genug der robust gebauten Ungetüme, um unzählige Stunden Spaß zu haben. Erstaunlicherweise war das erste *Star-Wars*-Spiel für Vergnügungshallen eine australische Entwicklung auf der Grundlage von *Imperium,* die 1981 von Hankin herausgebracht wurde: ein Flipper-Automat der alten Schule, mit einem breiten Spielfeld und einem »Spiegelkabinett« im hinteren Bereich, das bei aufblitzenden Lampen den Eindruck erweckte, sechs Ebenen tief zu sein. Obwohl es keine lizensierte Musik benutzt und die Grafik irgendwie seltsam erscheint, ist es eine farbenprächtige Rückkehr in alte Zeiten.

Selbst George Lucas musste das Star-Wars-*Arkadespiel von Atari testen, das damals auf dem neuesten Stand der Technik war (unten rechts). Ein deutscher* Star-Wars-*Spielautomat von 1997 (unten) nahm nur spezielle Münzen an (rechts).*

Für den Nostalgiker ist allerdings das *Star-Wars*-Videospiel unschlagbar, das Atari 1983 als Münzgerät herausbrachte und das eine 3D-Vektorgrafik verwendet, die ihm einen sauberen und klassischen Hightech-Look verleiht. Außerdem macht es eine deutliche Spielvorgabe: Vernichte die feindlichen TIE-Jäger, dringe durch Türme an der Oberfläche des Todessterns ein, und dann bereite dich beim Flug durch den Graben auf den Abschuss vor. Das Game verwendet auch Musik und Dialoge aus dem *Star-Wars*-Film. 1984 folgte ein eher zeichentrickhaftes Game auf der Grundlage von *Die Rückkehr der Jedi-Ritter* und im nächsten Jahr ein Kit, das das erste Vektorgrafik-Game in eines für *Das Imperium schlägt zurück* umwandeln konnte.

In den Neunzigerjahren wurden in den USA drei verschiedene Flipper-Automaten gebaut. Das Highlight war ein echter Flipper-Game-Hybride der nächsten Generation, der auf *Episode I* beruht. Er enthält echte Filmsequenzen und eine darauf abgestimmte Technik, was es dem Spieler ermöglicht, auf die Szenen des Films Einfluss zu nehmen.

1997 gab es noch einen deutschen *Star-Wars*-Spielautomaten, aber den Vogel schossen zur Premiere von *Episode III* ein *Star-Wars*-Pachinko-Automat und mehrere Hightech-»Megajackpots« für amerikanische Kasinos ab.

Die Saga, per Joystick und X-Box-Konsole durchgespielt. Screen Shot des Vektorgrafik-Spiels, das 1983 schon Explosionen und TIE-Jäger zeigte (oben). Der Entwurf zum Episode-I-Flipper, 1999 (links). Das erste Spielhallengerät der Saga war ein Flipper der alten Schule aus Australien (rechts, 1981).

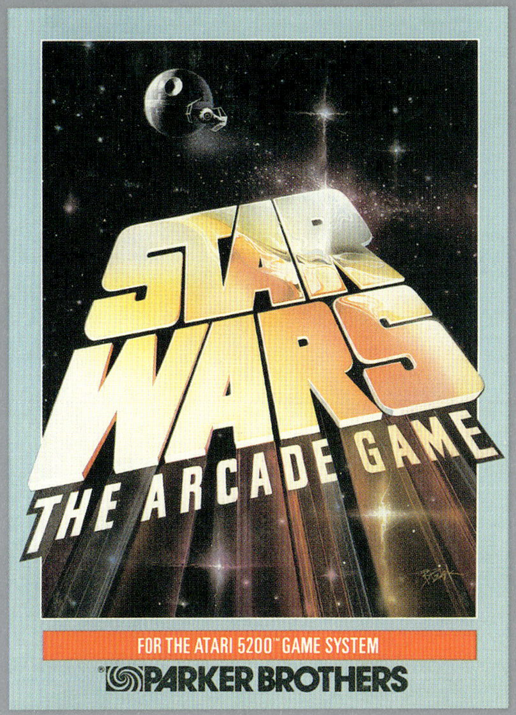

DAS GEHÖRT INS MUSEUM!

Die Öffentlichkeit war schon immer von den Artefakten fasziniert, die hinter der Magie von *Star Wars* stehen, von frühen Entwürfen der Maske Darth Vaders bis zu den raffinierten Modellen, die als kilometerlange Sternenzerstörer dienten. Eines Tages, kurz vor der Premiere von *Die Rückkehr der Jedi-Ritter,* als er, umgeben von Raumschiffen, Kreaturen und anderen Requisiten, auf einer Tonbühne von ILM für Werbeaufnahmen posierte, hatte Lucas einen Geistesblitz. »Weißt du was? Wir müssen das alles aufheben«, sagte er zu Deborah Fine, der damaligen Leiterin der Research Library. »Wir müssen ein Archiv anlegen.«

Die ersten öffentlichen Ausstellungen des Archivs waren noch klein – ein Zimmer auf dem *Star-Wars*-Con anlässlich des zehnten Jahrestages, eine bescheidene Präsentation von Requisiten und Artwork auf der Marin County Fair 1988 –, aber sie entwickelten sich zu ausgewachsenen internationalen Wanderausstellungen, die einmal sogar vier weltweite Shows gleichzeitig hatten. Die erste Museumsausstellung war eine Tour durch japanische Museen 1993, die »George Lucas Exhibition«, arrangiert von dem Schriftsteller und Ausstellungsorganisator Shinji Hata. Eine Million Dollar musste investiert werden, um die Requisiten und Kostüme zu restaurieren und reisefertig zu machen.

Ende 1994 kam es zur ersten großen Präsentation von Requisiten, Kostümen und Artwork in den USA, abgehalten im Center of the Arts, Yerba Buena Gardens, San Francisco. Mehr als viertausend gespannte Fans und Museumsbesucher sollten die ersten sein, die sich an einem kalten Dezembermorgen die Unmengen von Originalkostümen, Modellen, Masken, Bildern, Zeichnungen, Droiden und sogar ein Speederbike mit Fahrer in natürlicher Größe ansahen.

Der Erfolg der Veranstaltung zog eine eher themenbezogene Ausstellung im National Air & Space Museum der Smithsonian Institution nach sich, zu der auch ein Begleitbuch erschien. *Star Wars: The Magic of Myth* eröffnete im Oktober 1997 und zählte mehr als eine Million Besucher, als sie im Januar 1999 ihre Pforten schloss. Anschließend tourte sie durch zahlreiche amerikanische und australische Museen. Die Ausstellung befasste sich mit dem mythologischen Unterbau der Saga und hatte auch eine Audiotour mit Kommentaren von James Earl Jones im Angebot, der Stimme von Darth Vader. DISC TWO

Europa erhielt schließlich seine eigene *Star-Wars*-Ausstellung, *The Art of Star Wars,* die im April 2000 in der Londoner Barbican Gallery eröffnete. Danach tourte sie bis Ende 2006 erfolgreich durch Museen in einem halben Dutzend Länder. Eine neue Wanderausstellung in Asien, eine prächtige Kostümschau in Los Angeles und eine Museumspräsentation, *Star Wars: Where Science Meets Imagination,* machten allesamt deutlich, dass Lucas' Geistesblitz aus dem Jahr 1983 Millionen Menschen weltweit die Möglichkeit gab, aus nächster Nähe die Fähigkeit und das Talent hunderter Künstler und Handwerker zu bewundern, die dabei halfen, die Saga zum Leben zu erwecken.

Von der Marin County Fair 1988 über die »Magic of Myth«-Austellung des Smithsonian 1997 (gegenüber links) bis zu »The Art of Star Wars« in Japan, 2005, wurden die Requisiten der Saga präsentiert. Die meisten Museen druckten besondere Eintrittskarten (wie das Barbican Centre in London, 2000, Insert).

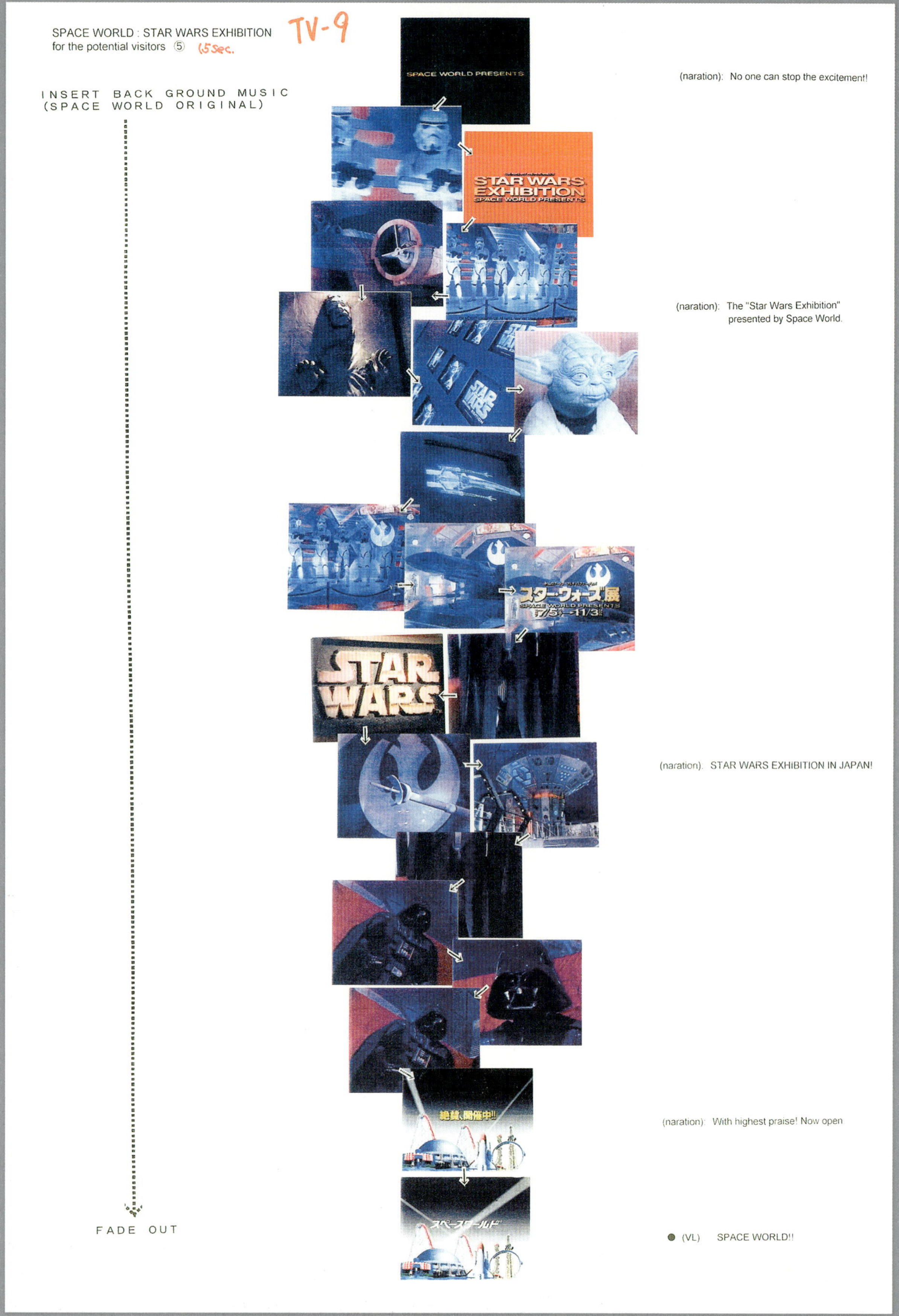

*Ein Storyboard für einen Fernsehspot, der 1997 Japans »Space-World-Ausstellung« bewirbt (links), im Fashion Institute von Los Angeles ausgestellte Kostüme (unten, 2005), Eintrittskarten zu »The Magic of Myth« im Smithsonian (oben und nächste Seite) – die Ausstellung ging danach auf eine mehrjährige Tournee – und ein Landspeeder aus der »*Star Wars and Science*«-Roadshow. »The Magic of Myth« präsentierte auch Boba Fett und den in Karbonid eingefrorenen Han Solo.*

STAR WARS
THE MAGIC OF MYTH
AUDIO TOUR

You are invited to attend a Press Preview
for the opening of
STAR WARS
THE MAGIC OF MYTH
Wednesday, October 29, 1997
9 a.m.
National Air and Space Museum
Smithsonian Institution
Independence Avenue at Sixth Street, Southwest
Washington, D.C.
Please respond by OCTOBER 13 to the Office of Public Affairs,
National Air and Space Museum with the enclosed card and/or by calling
202/357-1552.

STAR WARS
THE MAGIC OF MYTH

Getting
Around

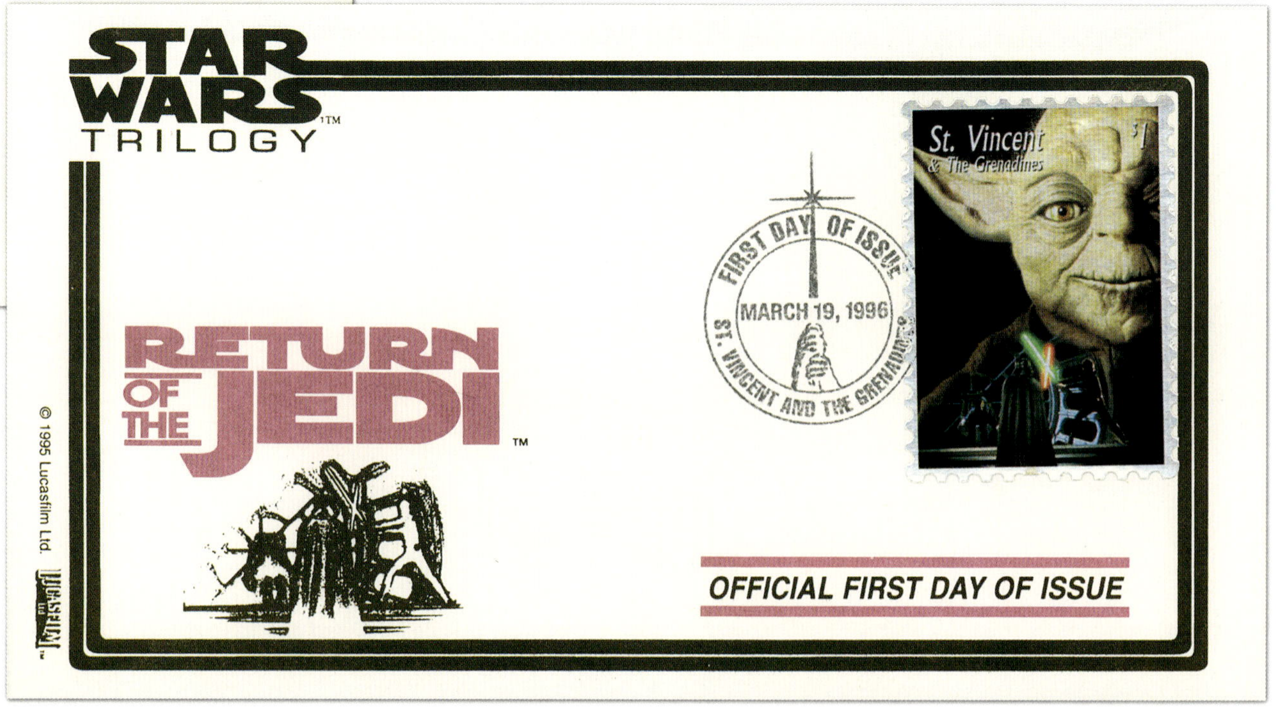

Bevor die amerikanische Post 2007 Star-Wars-*Briefmarken herausgab, kreierten Hobby-Künstler solche der »Örtlichen Post« (oben), und man konnte auch Marken mit hohen Werten von St. Vincent und den Grenadinen finden (rechts und nächste Seite). Fox Film benutzte auf seiner Poststelle einen »Möge die Macht mit dir sein«-Stempel zur Entwertung (oben rechts, 1978), und eine deutsche Münzanstalt gab Darth-Vader-Münzen heraus (unten, 2005).*

VADER-MÜNZEN UND VADER-BRIEFMARKEN

Die ersten offiziellen *Star-Wars*-Münzen kamen 1987 heraus, anlässlich des zehnten Jahrestages der Saga. Rarities Mint stellte vier Typen Silber- und Goldmünzen mit sechs Designs her, die vom Erwarteten (Vader im Zweikampf mit Obi-Wan Kenobi) bis zum Unerwarteten (drei Barmusiker) reichten. Aufgrund des hohen Goldpreises in diesem Jahr kosteten die Goldmünzen von einer Unze Gewicht mehr als tausend Dollar. Wegen geringer Vorbestellungen wurden deshalb nur vierzehn komplette Sätze aller vierundzwanzig Münzen geprägt, obwohl einige der weniger teuren Münzen zu tausenden hergestellt wurden.

Im Jahre 2005 verwendeten die Cookinseln im Südpazifik *Star-Wars*-Figuren auf offiziellen Münzen, die aber bestimmt nie im Warenverkehr auftauchen werden. Wer würde sich schon für vier *Star-Wars*-Münzen, die ihn 600 Dollar gekostet haben, etwas im Wert von 21 Dollar kaufen?

In der Welt der Briefmarken gab es schon für alles mögliche – von *Vom Winde verweht* bis zu den *Looney Tunes* – offizielle Gedächtnismarken; für die *Star-Wars*-Fans wurde ein lange gehegter Wunsch wahr, als die amerikanische Post 2007 an den dreißigsten Jahrestag der Saga erinnerte. Mit ihrer Gestaltung wurde kein geringerer als George Lucas' bevorzugter zeitgenössischer Posterkünstler beauftragt – der Mann, der auch die *Special Edition* und alle drei Prequel-Poster gestaltete: Drew Struzan.

Aber eigentlich waren das gar nicht die ersten amerikanischen *Star-Wars*-Briefmarken, nur die ersten offiziellen. Einige Hobby-Künstler hatten schon ihre eigenen *Star-Wars*-Briefmarken der »Örtlichen Post« angefertigt, in Erinnerung an eine Zeit, als noch kein angemessener öffentlicher Postdienst zur Verfügung stand.

Außerdem stellte eine amerikanische Firma 1996 *Star-Wars*-Briefmarken her, die ein karibischer Inselstaat in Auftrag gegeben hatte: St. Vincent und die Grenadinen. Die vorwiegend aus Silber- und Goldfolie bestehenden Marken wiesen Werte von bis zu dreißig Dollar auf, was sie für einen Brief aus diesem Urlaubsparadies höchst unpraktisch machte.

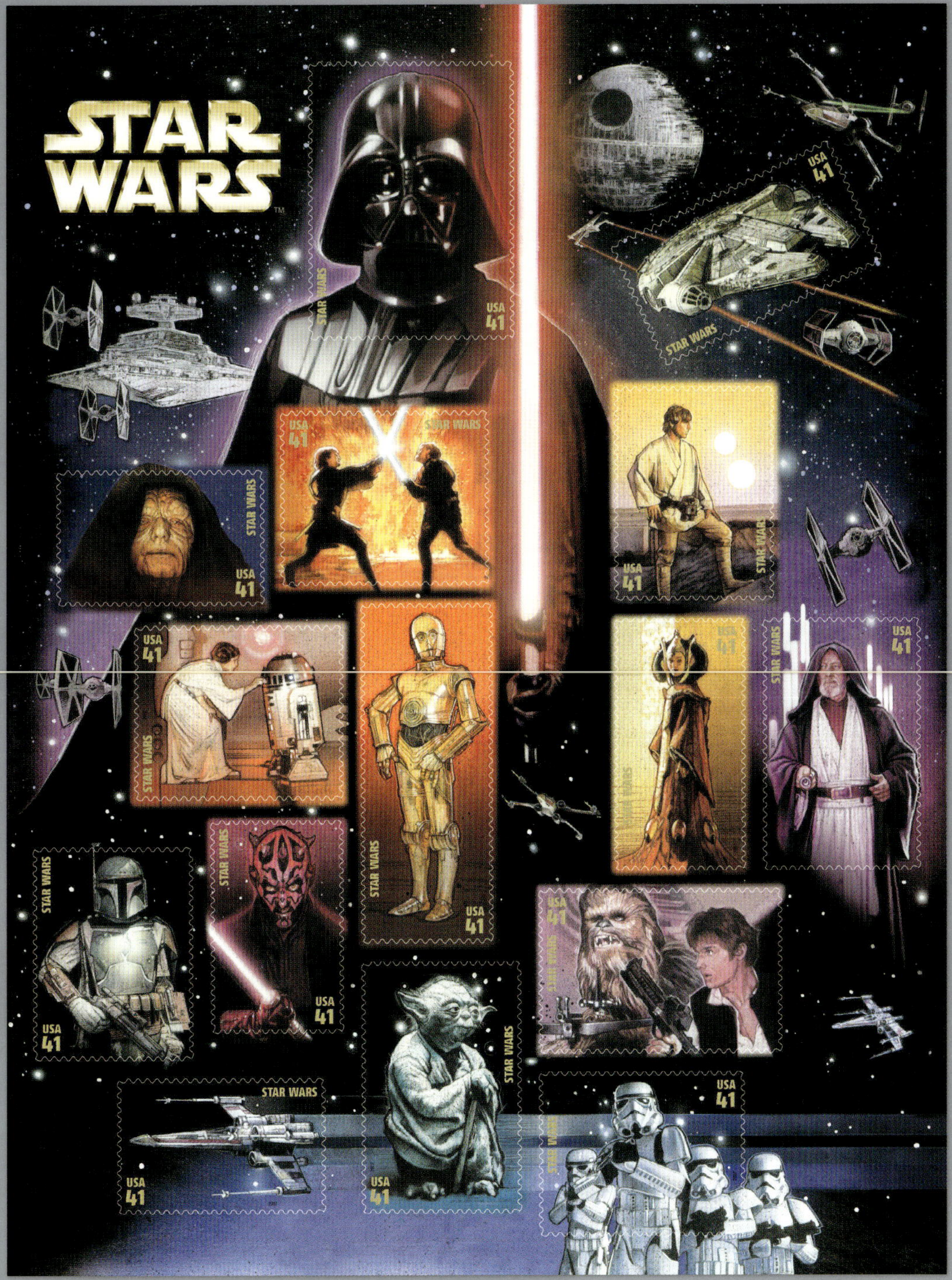

Die Münzen aus massivem Gold von Rarities Mint (links) kosteten 1987 mehr als tausend Dollar das Stück und sind äußerst rar. Der unbenutzte »Örtliche Post«-Bogen rechts (1978) entstand als Tauschartikel unter Hobby-Künstlern, während 2007 die amerikanische Post offizielle Star-Wars-Briefmarken herausgab (oben).

EINE GANZ BESONDERE *SPECIAL EDITION*

Als 1993 *Jurassic Park* mit seinen von ILM produzierten fotorealistischen Dinosauriern herauskam, war Lucas überzeugt, dass visuelle Effekte jetzt eine Qualität erreicht hatten, die es ihm ermöglichen würde, seine Saga endlich abzuschließen. Er stellte einen optimistischen Zeitplan für die drei Filme auf, die die Hintergrundgeschichte von *Star Wars* erzählen sollten – die Prequels, wie sie bald überall genannt wurden. Der erste sollte 1997 zum zwanzigsten Jahrestag der ursprünglichen Premiere herauskommen. Aber Lucas hatte wieder das gleiche Problem wie schon zwei Jahrzehnte zuvor: Das Drehbuch wollte nicht gelingen. Dass er die Handlung in groben Zügen kannte und wusste, wie alles enden musste, machte es nicht gerade leichter.

Ungefähr zur gleichen Zeit, als er mit dem Drehbuch rang, bahnte sich ein weiteres Projekt an und erlangte Vorrang. Lucas und der Produzent Rick McCallum, der 1992 mit dem Regisseur zu arbeiten begonnen hatte, warfen einen Blick auf das Master-Negativ von *Star Wars*, um herauszufinden, in welchem Zustand es sich befand. Entsetzt stellten sie fest, was Verfall und Zersetzung in nur zwanzig Jahren angerichtet hatten. Die einst strahlenden Farben waren um zehn bis fünfzehn Prozent verblichen, und Schmutz, der sich in den sechs Spulen des Negativs abgesetzt hatte, erzeugte Kratzer und Narben, die auf der Leinwand Felsen und jähen Abgründen glichen. Etwa dreißig Personen mussten fast drei Jahre lang arbeiten, um das Negativ Bild für Bild mit Schwämmen und einem speziellen chemischen Bad, das auf 38 Grad Celsius erwärmt wurde, zu säubern. Für manche Bereiche, in denen das Original einfach schon zu verblichen war, mussten die Restaurateure auf die ursprünglichen Master-Bänder zurückgreifen. Sie arbeiteten auch an der Säuberung von *Das Imperium schlägt zurück* und *Die Rückkehr der Jedi-Ritter*, die in keinem annähernd so schlechten Zustand waren.

Lucas hatte durchaus Hintergedanken bei der Restauration. »Ein berühmter Filmemacher hat einmal gesagt, dass Filme nie fertig sind, sie werden einfach nur aufgegeben.« Er wollte damit zum Ausdruck bringen, dass er ursprünglich weder die Zeit, die Ressourcen noch die technischen Möglichkeiten gehabt hatte, um die Filme so zu drehen, wie er sie drehen wollte, besonders *Star Wars*. »Also beschloss ich, statt mit ›aufgegebenen‹ Filmen zu leben, sie visuell und auditiv zu vervollständigen.« Weggelassene Einstellungen wurden wieder hinzugefügt, alte optische Effekte digital aufbereitet, neue Perspektiven, Figuren und Fahrzeuge hinzugefügt, und das alles von einer neuen Generation digitaler Künstler. Alte Szenen wurden neu gefilmt oder durch neue ergänzt, so wie Lucas sie sich immer vorgestellt hatte.

Als die *Star Wars Special Edition* am 31. Januar 1997 Premiere hatte, wusste niemand genau, was ihn erwartete. Da der Home-Video-Markt im vergangenen Jahrzehnt zu einer großen Konkurrenz geworden war, wagte Hollywood sich beim breiten Publikum nicht mehr an Wiederaufnahmen früherer Erfolge – erst recht nicht in 2104 Kinos. Aber Lucas wusste, dass eine ganze Generation von Kindern die Saga nur auf einem kleinen Bildschirm gesehen hatte, und die TV-Spots der Twentieth Century Fox zielten genau darauf ab, indem sie die Action aus einem Fernseher hervorspringen ließen, bis sie den ganzen Monitor ausfüllte. So war es nicht weiter erstaunlich, dass die *Daily Variety* am 3. Februar mit der Schlagzeile aufmachte:

»STAR WARS« – VÖLLIG LOSGELÖST

Wiederaufnahme schwemmt 36 Millionen Dollar in die Kassen

In dem Artikel hieß es: »Ähnlich wie beim Debüt des Films im Mai 1977 bildeten die Kinobesucher überall im Land lange Schlangen und sorgten für ausverkaufte Vorführungen.« Die *Empire Special Edition* kam am 21. Februar in die Kinos, während die ursprünglich geplante Premiere der *Jedi Special Edition* unerwartet um eine Woche nach hinten verschoben wurde, auf den 14. März – auf Drängen der Kinobesitzer, da die ersten beiden Filme immer noch die Säle füllten.

So wie der Erfolg von Star Wars *ursprünglich überraschend kam, sprengte auch die* Special Edition *von 1997 weltweit alle Erwartungen. Japanische Kinos verkauften Eintrittskarten für alle drei Filme gleichzeitig (Insert nächste Seite), und in Los Angeles gab es eine öffentliche Premiere mit rotem Teppich – als Ausgleich dafür, dass sie 1977 nicht stattfand.*

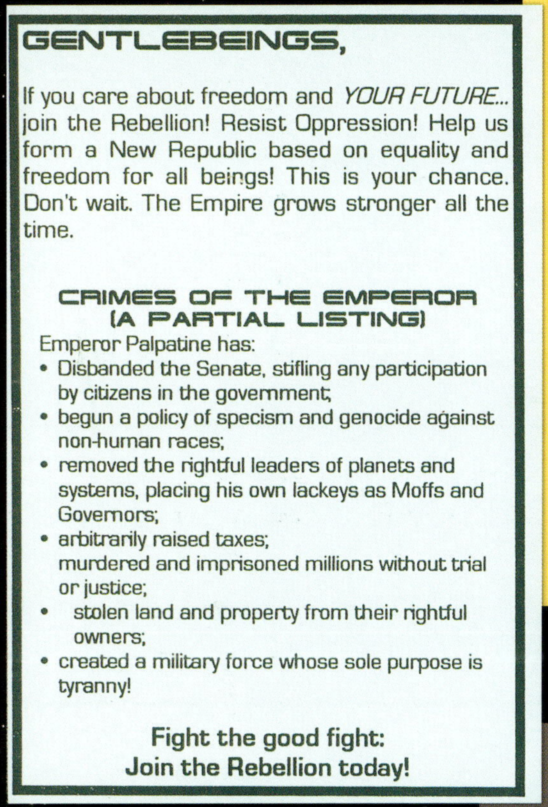
GENTLEBEINGS,

If you care about freedom and *YOUR FUTURE...* join the Rebellion! Resist Oppression! Help us form a New Republic based on equality and freedom for all beings! This is your chance. Don't wait. The Empire grows stronger all the time.

CRIMES OF THE EMPEROR
(A PARTIAL LISTING)

Emperor Palpatine has:

- Disbanded the Senate, stifling any participation by citizens in the government;
- begun a policy of specism and genocide against non-human races;
- removed the rightful leaders of planets and systems, placing his own lackeys as Moffs and Governors;
- arbitrarily raised taxes; murdered and imprisoned millions without trial or justice;
- stolen land and property from their rightful owners;
- created a military force whose sole purpose is tyranny!

Fight the good fight:
Join the Rebellion today!

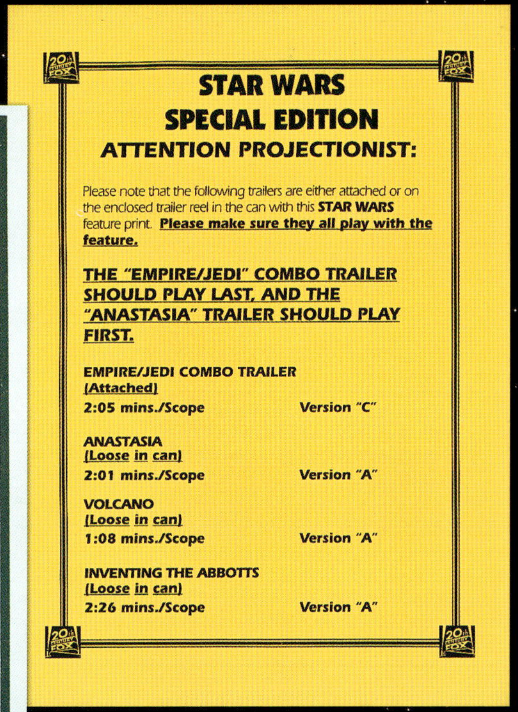
STAR WARS
SPECIAL EDITION
ATTENTION PROJECTIONIST:

Please note that the following trailers are either attached or on the enclosed trailer reel in the can with this **STAR WARS** feature print. **Please make sure they all play with the feature.**

THE "EMPIRE/JEDI" COMBO TRAILER SHOULD PLAY LAST, AND THE "ANASTASIA" TRAILER SHOULD PLAY FIRST.

EMPIRE/JEDI COMBO TRAILER
(Attached)
2:05 mins./Scope Version "C"

ANASTASIA
(Loose in can)
2:01 mins./Scope Version "A"

VOLCANO
(Loose in can)
1:08 mins./Scope Version "A"

INVENTING THE ABBOTTS
(Loose in can)
2:26 mins./Scope Version "A"

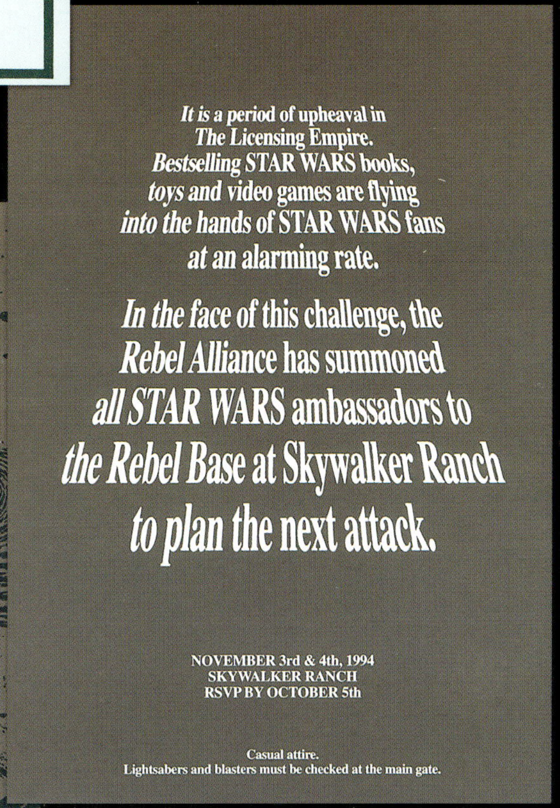
It is a period of upheaval in The Licensing Empire. Bestselling STAR WARS books, toys and video games are flying into the hands of STAR WARS fans at an alarming rate.

In the face of this challenge, the Rebel Alliance has summoned all STAR WARS ambassadors to the Rebel Base at Skywalker Ranch to plan the next attack.

NOVEMBER 3rd & 4th, 1994
SKYWALKER RANCH
RSVP BY OCTOBER 5th

Casual attire.
Lightsabers and blasters must be checked at the main gate.

Das Star-Wars-Revival kam 1994 durch ein Lizenzvergabe-Meeting auf der »Skywalker Ranch« erst richtig in Fahrt. Während der Party nach dem Geschäftstreffen verteilten »Rebellen« Handzettel an die Gäste (oben rechts) und forderten sie auf, sich der Rebellion anzuschließen.

TRUPPENAUFMARSCH FÜR DAS IMPERIUM

Die 501. Legion der Imperialen Sturmtruppen, die größte *Star-Wars*-Fan-Organisation der Welt mit Mitgliedern in sämtlichen amerikanischen Staaten und nahezu vierzig Ländern, entsprang der fruchtbaren Fantasie eines Fans aus South Carolina: Albin Johnson. Als er sich im Jahr 1997 von einem schrecklichen Autounfall erholte, der ihn sein linkes Bein gekostet hatte, ereilte ihn die Nachricht von der bevorstehenden *Special Edition* der *Star-Wars*-Trilogie. Kaum hatte er seine Arbeit als Netzwerk-Administrator wieder aufgenommen, begannen er und ein Freund, sich über *Star Wars* zu unterhalten und sich Gedanken über die coolen Kostüme der Sturmtruppler zu machen. Eines führte zum anderen, sodass sie schon bald aus vakuumgeformtem Plastik, schwarzer Unterwäsche und weiß angestrichenen schwarzen Stiefeln sorgfältig ein Sturmtruppler-Kostüm zusammenbastelten.

»Ich weiß noch, wie ich in dieses schäbige kleine Kino marschierte, in dem sie die *Star Wars Special Edition* zeigten«, erinnerte sich Johnson. »Ich war verdammt nervös; in diesem Helm konnte man nichts erkennen, und er war so unbequem. Würde das Ding überhaupt echt aussehen? Mache ich mich damit zum Volltrottel? Aber anhand der Reaktion, die ich hervorrief, hätte man meinen sollen, Godzilla wäre in die Lobby gestiefelt gekommen. Schreie wurden in der Menge ausgestoßen, als die Leute ausrasteten, weil ein echter Sturmtruppler den Raum betreten hatte.«

Als sechs Wochen später die *Jedi Special Edition* startete, hatte Johnsons Freund schon sein eigenes Kostüm, und die Reaktion fiel sogar noch heftiger aus. »Da machte etwas in meinem Kopf ›Klick‹«, sagte Johnson. »Wenn zwei Sturmtruppler als echt durchgehen, wie viel cooler wäre es dann, wenn wir zu fünft auftauchen würden? Oder zu zehnt?«

Aus dieser Idee wurde mithilfe des Internets die 501. Legion, eine Organisation mit mehr als 3300 Mitgliedern. Sie gehen gemeinsam zu Veranstaltungen, besuchen Kinderkliniken und bringen Geld für wohltätige Zwecke auf. Die 501. zog bald die Aufmerksamkeit von Lucasfilm auf sich. Nach einigen Nachforschungen hieß die Firma die Truppe im Kreis ihrer großen Familie willkommen. Die Mitglieder der 501. wurden wahrhaft zu einer weltweiten Familie, als Johnson die Nachricht weitergab, dass seine sechsjährige Tochter Katie an sich rasch ausbreitendem, inoperablem Gehirnkrebs erkrankt war. Während er vom täglichen Kampf an dieser Front berichtete, schickten Mitglieder der 501. von überall auf der Welt nicht nur ihre Gebete und besten Wünsche, sondern sammelten auch Geld, damit die Johnsons für die Arztkosten aufkommen konnten, sodass Katies Tod für sie wenigstens ein bisschen erträglicher wurde.

In nur einem Jahrzehnt führte die Fantasie eines Fans zu weltweiter Freude nicht bloß bei den Mitgliedern der 501., sondern auch bei den Millionen Menschen, die sie persönlich oder in zahllosen Fernsehsendungen gesehen haben. Ihren größten TV-Auftritt hatte die 501. wohl anlässlich der Verleihung des Lifetime Achievement Award des American Film Institute an George Lucas. Am Anfang der Show, als der aus *Star Trek* bekannte William Shatner die Bühne betrat, bildete sie eine tanzende Reihe nach Art der »Rockettes«. Selbst in diesen harten Plastikkostümen und nach nur wenigen Tagen Probe schwangen sie die Beine wie Profis.

Auf dem Logo der 501. Legion (gegenüber) steht in Buchstaben des imperialen Alphabets: VADER'S FIST (2006). Mitglieder der 501. posieren mit Schauspieler Jay Laga'aia, der als Gastredner die Celebration III beehrte (oben, 2005). Um die Fans zu stärkerer Mitwirkung zu bewegen, hält die Legion auch Droidenjagden ab; ein Jedi-Gedankentrick entspricht dabei der Monopoly-Karte »Du kommst aus dem Gefängnis frei« (Insert, 2005).

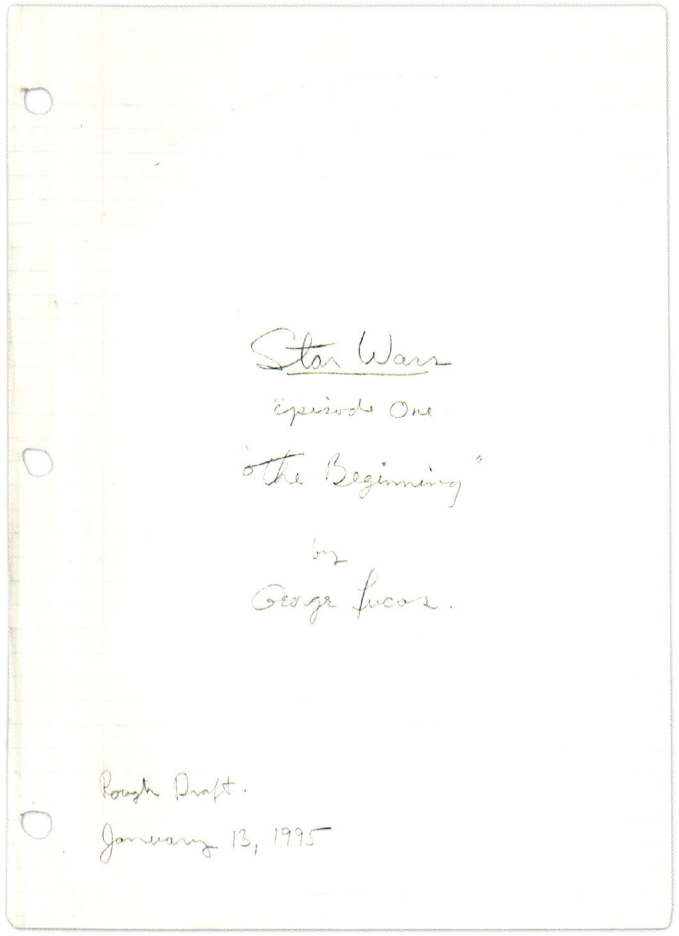

Episode I *bedeutete für George Lucas und die Saga einen neuen »Anfang«, wie der Titel seines handschriftlichen Drehbuchs verrät (oben). Nach Abschluss der Dreharbeiten feierten Besetzung und Crew einen Maskenball der Dunklen Seite (unten). Während Lucasfilm versuchte, die Erwartungen niedrig zu halten, entwickelten sich die Dinge, nachdem der erste Trailer erschienen war (kleines Foto, 1998), heißer als Darth Mauls Doppelklingen-Lichtschwert.*

EINE RÜCKKEHR IN DIE GALAXIS

Möglicherweise mit Ausnahme von *Vom Winde verweht* im Jahre 1939 war *Star Wars: Episode I – Die dunkle Bedrohung* der am sehnlichsten erwartete Film in der Geschichte des amerikanischen Kinos. Diese Auszeichnung wird ihm jedenfalls weltweit zuteil. Seit *Die Rückkehr der Jedi-Ritter* waren sechzehn Jahre vergangen, und so stellte sich eine verjüngte Fangemeinde, eine neue Generation von Journalisten und Kritikern überall die gleiche Frage: Konnte man diese Filmreihe, die so erfreuliche Erinnerungen wachrief, wirklich noch einmal zum Leben erwecken? Hatte George Lucas den Finger nach wie vor am Puls der Öffentlichkeit?

Während die Produktion Fortschritte machte, lehnte Lucasfilm es ab, sich an Berichten gleich welcher Art in Bezug auf *Episode I* zu beteiligen, aus Sorge, dass das Interesse zu schnell seinen Höhepunkt erreichen könnte. Aber als im November 1998 der erste Trailer herauskam, war die öffentliche Neugier so groß, dass die Nachrichtensendungen überall auf der Welt – denen man gesagt hatte, sie dürften ihn nur einsetzen, wenn sie ihn auch vollständig zeigten – genau das taten: Sie brachten den gesamten, mehr als zwei Minuten langen Werbefilm als »News«. Die Reaktion war nahezu einhellig positiv, und damit war der Geist aus der Flasche.

Bret Calltharp, ein Buchhalter aus Florida, lud den Trailer von starwars.com herunter, als er bereits mit 1,1 Millionen Downloads zum größten Internet-Event aller Zeiten geworden war. »Danach saß ich vor meinem Monitor und weinte. Meine Frau hielt mich und versuchte einfach nur zu verstehen. Es war der Höhepunkt von dreiundzwanzig Jahren meines Lebens«, schilderte er einem Reporter von *The Guardian*.

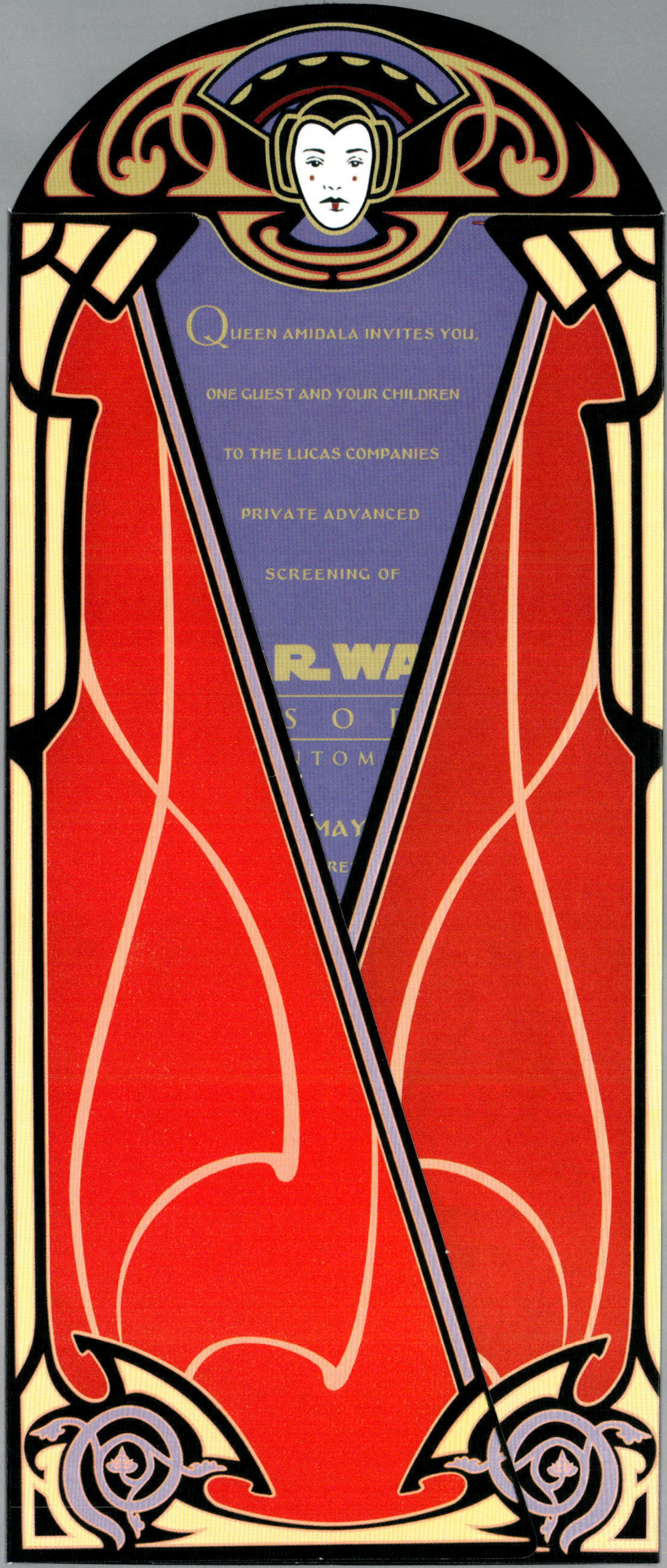

Die originell gestaltete Einladung für Lucasfilm-Angestellte zur Vorführung von Episode I *(rechts, 1999) wurde der Filmgarderobe der Königin nachempfunden. Lucasfilms Werbefeldzug »One« (Mitte) bediente sich der Hauptfiguren und ihrer manchmal gegensätzlichen Eigenschaften. Lucasfilm trieb seinen technologischen Standard noch weiter und präsentierte* Episode I *in den wenigen Kinos, die das DLP-System von Texas Instruments benutzten, in digitaler Projektion (oben). Andere Kinos (rechts) hielten es nicht einmal für nötig, Besucher anzulocken.*

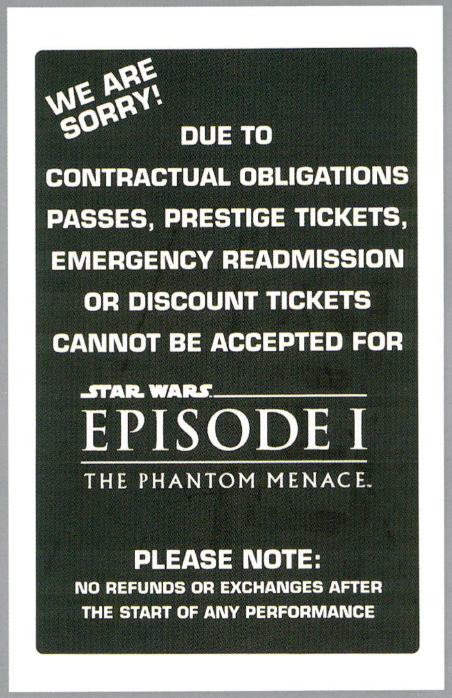

Als ILM sich der Herausforderung gegenübersah, in der Arena von Mos Espa eine hunderttausendköpfige Menge zum Leben zu erwecken, ersann es neue originelle Techniken und bemalte tausende von Baumwollbüscheln an langen Holzstielen (unten, 1998), steckte diese auf einem Miniatur-Set durch Maschendraht und versetzte sie durch absolute Hightech-Geräte in Bewegung: Haarföhne! Zu der Szene gehörten auch hunderte kleiner Spielzeugfiguren.

Die Besetzung des Prequels war jedoch knifflig gewesen. Lucas brauchte ein Ensemble, das gut zusammenpasste, und außerdem mussten mehrere Figuren auch körperlich gut zu späteren Inkarnationen ihrer selbst passen – oder zu ihren Kindern. »Bei Anakin und der Königin mussten wir das Ganze von hinten aufrollen«, sagte Casting Director Robin Gurland. »Wir wussten, wie ihre Kinder Luke und Leia aussahen. Und natürlich musste der Schauspieler, der Obi-Wan spielte, der älteren Version der Figur ähnlich sehen.«

Ewan McGregor ähnelte Alec Guinness nicht nur, sondern nahm im weiteren Verlauf der Serie auch einige seiner Verhaltensweisen an und sogar das Timbre seiner Stimme. In der Schauspielerin Natalie Portman, die die Königin und spätere Senatorin Amidala spielte, sah Gurland eine junge und willensstarke Frau, ganz ähnlich Carrie Fisher, die Prinzessin Leia gespielt hatte. Da er Anakin Skywalker doppelt besetzen musste – einmal als Kind und später als jungen Mann –, suchte Gurland nach Schauspielern, die eine forsche und selbstbewusste Figur darstellen konnten, aber zugleich eine, die mit so viel Zorn und Angst durchsetzt ist, dass ihr Abstieg auf die dunkle Seite zwangsläufig zu erfolgen schien. Für *Episode I* war das Jake Lloyd und für die letzten beiden Filme Hayden Christensen.

Obwohl es einige Parallelen zum Dreh von *Star Wars* gab – so fegte in Tunesien ein gewaltiger Sturm über die Sets, durchnässte die Kostüme und verteilte die Perücken in der Wüste –, fielen die Arbeiten an *Episode I* dem sehr viel selbstbewussteren Lucas erheblich leichter. Er wurde auch tatkräftig von Produzent Rick McCallum unterstützt, der sich schon bei den *Special Editions* als unermesslich wertvoll erwiesen hatte und zuvor bei der preisgekrönten Fernsehserie *Die Abenteuer des jungen Indiana Jones*. Außerdem nutzte Lucas, auch wenn praktische Effekte und Miniaturmodelle noch immer eine große Rolle spielten, die Möglichkeiten der Computergrafik voll aus. Jar Jar Binks, der lustige Gungan, den die meisten Kinder lieben und viele ältere Fans von Herzen verabscheuen, war die erste voll computergenerierte, fotorealistische größere Rolle in einem Kinofilm.

Doch wie viele Kritiker anmerkten, konnte es nichts mit der Mischung aus Medienhype, fieberhafter Spekulation und großen Erwartungen aufnehmen. »*Die unheimliche Bedrohung* ließ den Hype um den Super Bowl aussehen wie eine Story auf Seite zehn über den Backwettbewerb ortsansässiger Pfadfinderinnen«, schrieb Kevin Ridolfi im *Renaissance Online Magazine*. Nun, Erfolg gibt bekanntlich recht. *Episode I* verkaufte weltweit Kinokarten im Wert von 925 Millionen Dollar, was zu der Zeit immerhin Platz zwei hinter dem Phänomen *Titanic* von 1997 bedeutete.

Auch wenn traditionell handgezeichnete Storyboards (oben, 1997) weiterhin wichtig blieben, kam ein neues Werkzeug hinzu: Animatics – sich bewegende Video-»Storyboards« (links, kombiniert mit Skizze, 1998). Es wurden noch immer Miniaturen gebaut (unten, 1998), um räumliche Verhältnisse in den Griff zu kriegen, aber die Sets waren oft Meere aus blauer Leinwand, die ILM durch digitale Hintergründe ergänzte, um im Computer zusammengesetzte Szenen realistisch erscheinen zu lassen – wie die Einstellung mit dem Schurken Darth Maul im Generatorenkomplex von Theed zeigt (oben, Abfolge links).

Star-Wars-*Fans müssen lange Wartezeiten vor Kinos hinnehmen, wenn sie bei der Premiere einer neuen Episode der Saga die Ersten sein wollen (links, 1999; oben, 2002; Seite gegenüber, im Uhrzeigersinn: 1999, 2005 und ein Cartoon von 1983). Die Öffentlichkeit versteht nicht, dass sie in den Schlangen zu Freunden werden, die für einige Wochen oder Monate eine schöne Zeit miteinander verbringen und gewöhnlich Geld für wohltätige Zwecke sammeln, während die Presse sie (oft) verspottet. (Insert) Einer der Autoren bekam ein Ehrenabzeichen für die Episode II-Schlange in Hollywood. Alle in der Schlange bekamen Abzeichen, um in den Wartebereich vorgelassen zu werden, manche mit dem Modell eines Jedi-Lichtschwerts ausgestattet.*

DAS HARTE LEBEN DES WAHREN FANS

Manche Menschen können lange Schlangen nicht ausstehen, manche nehmen sie einfach hin. *Star-Wars*-Fans betrachten sie als ihr Geburtsrecht; das müssen sie auch, weil sie so viel Zeit mit Anstehen verbringen. Die berühmteste *Star-Wars*-Schlange bildete sich am 25. Mai 1977. Lucas aß mit seiner Frau Marcia im Hamburger Hamlet auf dem Hollywood Boulevard in Los Angeles zu Abend. Durch das große Glasfenster sahen sie auf der anderen Straßenseite vor dem Chinese Theatre eine riesige Menschenmenge und dachten, dort müsse eine Premiere stattfinden. Lucas erinnerte sich: »Nach dem Essen gingen wir hinaus, und ich sah zur Markise hoch und rief: ›O mein Gott, es ist *Star Wars!* Ich hab ja ganz vergessen, dass der Film heute anläuft! Grundgütiger!‹«

Das Phänomen wiederholte sich bei *Das Imperium schlägt zurück* und *Die Rückkehr der Jedi-Ritter*.

Eine klassische Folge von *The Simpsons* zeigt Homer bei einer seiner ersten Verabredungen mit Marge, nachdem sie sich *Imperium* angesehen haben. Laut plappernd verlässt er das Kino: »Wow, was für ein Ende! Wer hätte gedacht, dass Darth Vader Luke Skywalkers Vater ist!« Die Menschen, die in der Schlange auf die nächste Vorführung warteten, hätten ihn am liebsten umgebracht!

Wegen dieser langen Schlangen beschlossen viele Kinobesitzer während der Premieren der Prequel-Trilogie, die Filme um Mitternacht anlaufen zu lassen, um den Hardcore-Fans Genüge zu tun. Sie hofften auch, dass sie dadurch lange Schlangen am Tag, die zufällige Kinobesucher vielleicht abschreckten, vermeiden konnten. Solche Premieren sind für »Zeltstangen-Filme« inzwischen Standard geworden.

Sich zwei Stunden vor der nächsten Vorführung in die Schlange zu stellen, ist eine Sache, das zwei Wochen oder zwei Monate vorher zu tun, eine ganz andere. Das ist ein Phänomen, das sich 1999 ganz spontan unter Fans überall in den USA entwickelte, wegen der riesigen Vorfreude auf *Episode I* bei über Zwanzigjährigen, die nie eine Welt ohne *Star Wars* gekannt hatten. Eines der Ziele dieser Gruppe war das Chinese Theatre in Hollywood.

»Es geht nicht um die Eintrittskarten«, berichtete der Australier Lincoln Gasking dem *Guardian* über diese erste Schlange, die mehrere hundert Menschen anzog (und die durch Ad-hoc-Spenden von Passanten und Freunden, die man für jeden Tag, den ein Fan in der Schlange stand, um einen bestimmten Beitrag bat, mehrere tausend Dollar für wohltätige Zwecke zusammenbrachte). »Das ist etwas, worauf man den Rest seines Lebens zurückblicken kann. Das ist unser Woodstock.«

Im Jahre 2005 bildeten die Fans vor Grauman's Chinese Theatre immer noch einen Monat im Voraus eine Schlange, obwohl sie wussten, dass *Episode III* aus Vertragsgründen dort nicht gezeigt werden würde; sie verlegten die Schlange gerade noch rechtzeitig, um sich in einem nahen Kino die Mitternachtsvorstellung ansehen zu können. Für Alyse Pozzo – die Webmasterin der Webseite LiningUp.net, die täglich Updates und News über die Schlange postete – war es das dritte Mal. »Diese Schlangen haben mein Leben verändert«, berichtete sie Wired.com. »In der Schlange von 1999 bin ich meinem Verlobten begegnet. Ich habe lebenslange Freundschaften geschlossen. Es wird mich traurig stimmen, wenn das alles vorbei ist, weil wir uns dann nicht mehr in die Schlange stellen können.«

STAR WARS

HE'S FIRST IN LINE

Daniel Alter holds the premiere spot at a Westwood theater. John Lazar/Daily News

Tarzana teen sets up camp to buy 'Episode 1' tickets

By Glenn Whipp
Daily News Staff Writer

40 days and counting...

Tarzana teen-ager Daniel Alter knew the line to see "Star Wars: Episode 1 — The Phantom Menace" was supposed to begin forming outside the Village Theatre in Westwood on April 19.

He also knew what "Star Wars" crazies are like and that some demented fan would want to get in line early.

So he decided to be that fan — first in line for the ultimate movie craze.

"Basically, I've taken the past year off in anticipation of this," said the hulking 17-year-old high school graduate, who ignored a fever and common sense to stake his claim at 5 p.m. Wednesday at the head of the queue for the movie that will open May 19.

Cell phone in hand, Alter was making arrangements Thursday with a group of at least 100 people who will take turns holding down the top spot.

Alter's decision has sent reverberations throughout the "Star Wars" universe of dedicated fans who don't want to miss the first screening and now other "Star Wars" faithful soon have taken up positions at both the Village and the Chinese Theatre in Hollywood — where a Web cam has been set up to continuously broadcast images of the growing line at countingdown.com.

"We were kind of hoping we wouldn't

See MOVIE / Page 10

DAS GROSSE FEIERN

Im Jahre 1987 hatte *Star Wars* bereits eine riesige Fan-Gemeinde gefunden, aber es hatte noch nie ein von Lucasfilm autorisiertes Fan-Event gegeben. Um das nachzuholen, genehmigte die Firma einen *Star-Wars*-Con zum zehnten Jahrestag in einem Hotel unweit des International Airport von Los Angeles am Wochenende des Memorial Day 1987. Außer sich in Verkaufsräumen eindecken, die von *Star-Wars*-Artikeln geradezu überquollen, konnten Fans an jeder Menge Podiumsdiskussionen über ihre weit entfernte Lieblingsgalaxis teilnehmen, Einblicke in die Vermarktung der ursprünglichen Trilogie bekommen und Frage-und-Antwort-Sitzungen mit Chewbacca-Darsteller Peter Mayhew lauschen. Das Hauptereignis war jedoch ein Auftritt von George Lucas und der Ikone einer anderen großen Marke des Genres, des *Star-Trek*-Erfinders Gene Roddenberry. Als er in dem gerammelt vollen Ballsaal die Bühne betrat, wurde der Filmemacher mit stehendem Beifall begrüßt. *Star Wars* war während der nächsten Jahre inoffizieller Bestandteil zahlreicher Science-Fiction-Cons, gewöhnlich in Form von Signierstunden oder Gastauftritten. Doch als *Episode I* sich 1999 seiner Premiere näherte, erwachte bei Lucasfilm wieder das Interesse an einem offiziellen Fan-Con, einem Ereignis, das die Leidenschaft des Fandoms an einem Ort bündelte. Die *Star Wars Celebration* fand am ersten Mai-Wochenende in Denver statt, wo die stärksten Regenfälle seit fünfzig Jahren den Boden um die verschiedenen Attraktionen herum aufweichten. »Mudstock«, nannten es manche Fans in Analogie zu Woodstock (mud = Schlamm), aber es dämpfte nicht ihre wachsende Begeisterung über die Rückkehr von *Star Wars* auf die Leinwand.

Drei Jahre später wurde nur Wochen vor dem 16. Mai 2002, als *Episode II* anlief, *Star Wars Celebration II* abgehalten, diesmal in Indianapolis. Auf der Feier zum fünfundzwanzigsten Jahrestag von *Star Wars* wurden den Teilnehmern wie schon beim ersten *Celebration*-Con mehrere exklusive Artikel zum Kauf angeboten, oft in stark limitierter Auflage. Unter den vielen Promis und Künstlern aus der gesamten *Star-Wars*-Saga waren auch die Schauspieler Hayden Christensen (Anakin Skywalker), Carrie Fisher (Prinzessin Leia) und Anthony Daniels (C-3PO), und auf der Bühne versammelten sich drei Schauspieler, die alle einen Kopfgeldjäger namens Fett gespielt hatten: Boba Fett, jung und alt, sowie Vater Jango Fett. Das Event schloss ein besonderes Jubiläumskonzert mit *Star-Wars*-Musik ein, aufgeführt vom Philharmonic Orchestra von Indianapolis. DISC TWO

Celebration III, das 2005 erneut in Indianapolis abgehalten wurde, stellte eine Verbesserung gegenüber dem schon erfolgreichen Modell dar (obwohl die Schlangen nicht kürzer waren) und wartete mit noch mehr prominenten Gästen, Podiumsdiskussionen, Special Events und Teilnehmern auf (es waren über 34 000). Den Höhepunkt bildete allerdings der erste Con-Auftritt von George Lucas seit achtzehn Jahren, ein Ereignis, das bei jeder der drei Gesprächsrunden mit Fans die dreitausend Plätze umfassende Halle bis zum Bersten füllte.

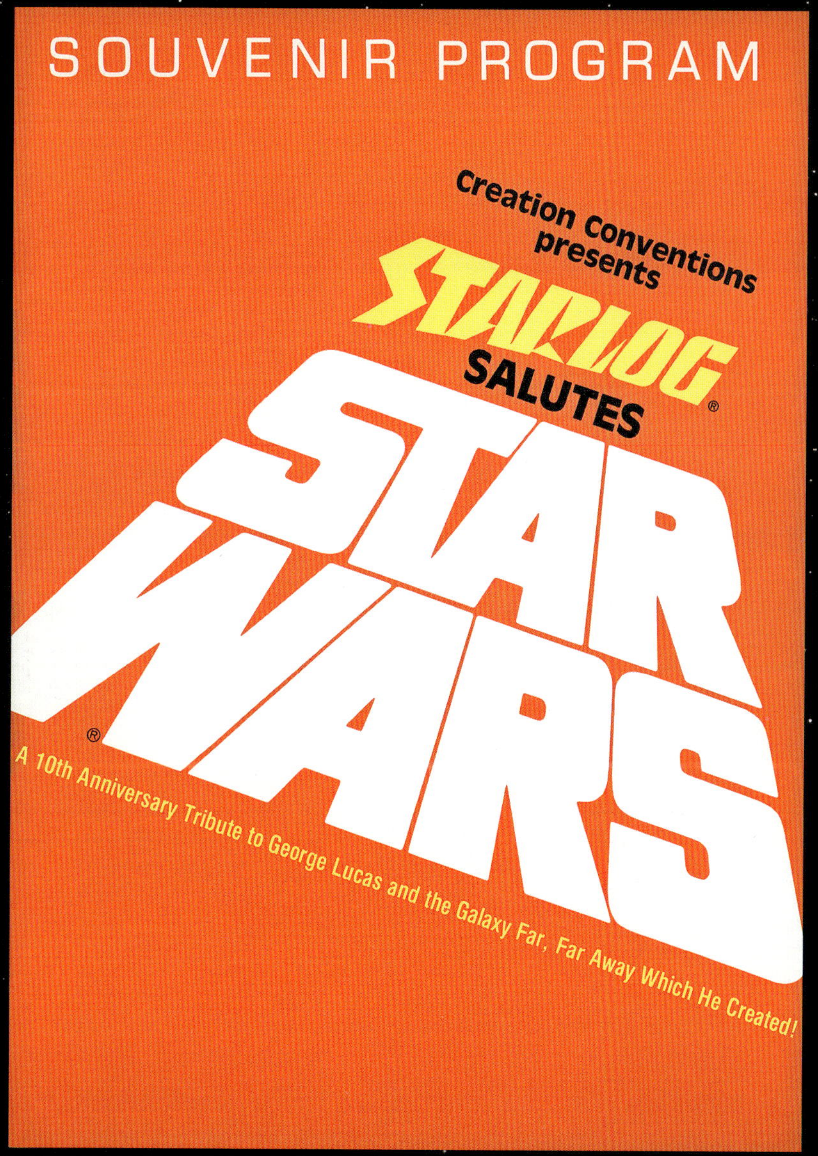

Offizielle Star-Wars-*Cons werden immer zu Stammestreffen: Fans stellen ihre selbstgebauten R2-D2-Einheiten zur Schau, und exklusive Actionfiguren werden angeboten (vorige Seite, 2005). Hunderte unterschrieben auf einer 120 x 180 cm messenden Gratulationskarte zum zehnten Jahrestag (Insert, 1987), alberten mit Kostümträgern herum oder besuchten die Tische der Künstler, um einzigartige Poster zu erwerben (alle 2005).*

Episode II, *die 2002 in nahezu hundert Kinos digital präsentiert wurde, war ein technologischer Durchbruch – zum Beispiel die digitale Animation von Yoda.*

DIGITALE ATTACKE!

Der Titel *Star Wars: Episode II – Angriff der Klonkrieger* klingt ein wenig – wie schon *Die unheimliche Bedrohung* – nach einem SciFi-Film aus den Fünfzigerjahren. »Es ist ein Abenteuerfilm in der Tradition der samstäglichen Matinée-Serien aus dem Goldenen Zeitalter Hollywoods«, sagte Lucas. »Diese Filme waren unprätentiös, verfügten aber über jede Menge Energie, Spannung und Aufregung, um Nervenkitzel zu erzeugen.«

Doch im Gegensatz zu diesen Serien, deren Produktionsstandards im Allgemeinen eher dürftig waren, bildete *Klonkrieger* einen technologischen Durchbruch, der ein neues Zeitalter des Filmemachens einleitete.

Episode II war der Höhepunkt einer Entwicklung, in der Lucas zwanzig Jahre lang die Grenzen immer weiter ausgedehnt hatte, in der mit seiner Hilfe die ersten digitalen Systeme für Bearbeitung, Sound und visuelle Effekte entwickelt worden waren. *Klonkrieger* war der erste größere Kinofilm, der unter Verwendung 24 hochauflösender Bilder pro Sekunde, digitaler Videokameras und Videobänder anstelle von Film entstand. Die neue Technologie ermöglichte es Lucas, sofort genau zu sehen, was eingefangen worden war und wie es auf dem Bildschirm wirken würde, und dann notfalls neue Einstellungen zu drehen. Bei der Postproduktion hatte Lucas jetzt sogar die Möglichkeit, Auftritte aus mehreren verschiedenen Aufnahmen in einer Szene zusammenzuführen oder den nicht blinzelnden Blick eines Schauspielers aus der einen Aufnahme in eine andere hinüberzunehmen, in der die kurz geschlossenen Augen einen sonst großartigen Auftritt verschandelten.

Für Produzent Rick McCallum war *Episode II* jedoch kein einfacher Film, besonders anfangs nicht. Als das Hauptquartier der Produktion nach Australien verlegt wurde, mussten seine Abteilungen Kostüme entwerfen und Kulissen bauen, ohne dass ein Drehbuch vorlag, weil Lucas noch daran feilte. »Wir bekamen das Drehbuch erst drei Tage vor Drehbeginn – obwohl wir die Richtung kannten, in die es ging, und uns mit George absprachen«, erinnerte sich McCallum. »Aber bis wir es bekamen, fühlte es sich wie ein ›virtueller Film‹ an.«

Eingedenk des unbeabsichtigten Overkills in *Episode I* fuhr Lucasfilm die Temperatur beim zweiten Prequel ein wenig herunter. Den älteren Fans gefiel *Klonkrieger* besser als der »Kinderfilm«, wie sie *Episode I* nannten, und er heimste auch mehr Kritikerlob ein. Doch wie der mittlere Film der ersten Trilogie hatte *Klonkrieger* an den Kinokassen von den drei Prequels den geringsten Erfolg. DISC TWO

99

Padme breaks free.

100

Anakin rides up.

101

Padme jumps off.

Die Aktionen von Padmé Amidala in der Hinrichtungsarena auf dem Planeten Geonosis wurden 2001 sorgfältig als Storyboards ausgearbeitet. Natalie Portman bewegte sich auf einer Tonbühne, umgeben von blauen Flächen, und dann wurde jedes Bild durch Miniaturen und digital ergänzt. Eine Fassung des Films wurde neu bearbeitet und in limitierter Auflage zur Vorführung auf riesigen IMAX-Leinwänden freigegeben (Seite 108 links). Zu Werbezwecken verteilte Twentieth Century Fox ein Armband mit temporären Tatoos von Jedi, die sich zur Schlacht formieren (Insert, 2002).

INSPIRATION UND SCHWEISS

Es gibt unzählige Geschichten von jungen Leuten, die *Star Wars* so sehr inspirierte, dass sie eine kreative Laufbahn einschlugen – natürlich im Filmgeschäft, aber auch als Künstler, Schriftsteller, Wissenschaftler, Musiker und Dichter. Die *Star-Wars*-Erfahrung war anfangs so frisch, so unerwartet, dass manche Menschen sich veranlasst sahen, sofort selbst kreativ zu werden. Und viele wandten sich dem Film zu.

Da ihnen noch keine persönliche Webseiten, Message Boards oder Blogs zur Verfügung standen, griffen sie zu dem älteren Medium privater Veröffentlichungen, dem Fanzine. Randvoll mit von *Star Wars* inspirierten Geschichten, Gedichten, Artikeln und Zeichnungen, erschienen die allerersten *Star-Wars*-Fanzines von unternehmungslustigen Künstlern und Autoren schon wenige Monate nach dem Filmstart. Ohne damit Gewinn machen zu wollen, schuf sich hier das Fandom eine direkte Ausdrucksform.

Der Official *Star Wars* Fan Club erkannte schon früh die künstlerische Neigung seiner Abonnenten und organisierte »Kreativitätswettbewerbe«, bei denen jede Art von Artwork eingereicht werden konnte und auch einige tolle Preise zu gewinnen waren. Der Einfallsreichtum der *Star-Wars*-Fans sollte nie versiegen: Droiden, Sternenschiffe und Aliens inspirierten Kunstwerke aus sämtlichen Materialien, von Eisstielen über Draht und Pappmaschee bis Dosenblech. Noch heute heißt Lucasfilm kreative Arbeiten seiner Fans willkommen und räumt ihnen offiziell in Publikationen wie dem *Star Wars Insider* einen Platz ein, dem offiziellen Fan-Club-Magazin, aber auch bei den *Star Wars* Fan Film Awards, einem jährlichen Event, das die besten Filme und Videos der Fangemeinde auswählt.

Von der Veröffentlichung fotokopierter Fanzines in den Siebzigerjahren (vorige Seite, 1977-79) bis zum Drehen von Star-Wars-*Fan-Filmen wie* Pink Five *(unten, 2002) – die Kreativität von* Star-Wars-*Fans ist grenzenlos. Manche basteln jahrelang und geben tausende von Dollars aus, um ihre eigenen R2-D2-Einheiten zu bauen, die funktionsfähiger sind als jene, die im ersten Film benutzt wurden (oben, 2002).*

FRÖHLICHES *STAR WARS* UND EIN GLÜCKLICHER NEUER SITH

Bei all den exotischen Wesen und Kostümen, die in der *Star-Wars*-Galaxis zu sehen sind, kann es nicht weiter erstaunen, dass Halloween der Lieblingsfeiertag der Fans ist. Aber auch der Valentinstag, Weihnachten und sogar Ostern sind gute Anlässe für Grußkarten, Zierschmuck und sogar Todesstern-Eier aus Schokolade.

Star-Wars-Weihnachtskarten waren schon seit Ende der Siebzigerjahre ein fester Bestandteil des Kartendrehständers, aber erst in der Prequel-Ära kamen Feiertagsschmuck und Dekorationen aus Hartzinn, geblasenem Glas, Pappmaschee und Kunstharz auf den Markt, wobei Yoda sogar als Weihnachtsbaumspitze herhalten musste. Es gab *Star-Wars*-Nikolausstrümpfe, Adventskalender mit Schokolade, Darth-Vader- und Yoda-Nussknacker und eine ganze Serie *Star-Wars*-Actionfiguren mit Weihnachtsthematik.

Aber das exklusivste *Star-Wars*-Geschenk für Fans dürfte wohl sein, auf der Weihnachtskartenliste von Lucasfilm zu stehen, oft weil sie auf Fan-Cons als Freiwillige mitgewirkt oder eine andere wichtige Rolle im Fandom gespielt haben. In den letzten dreißig Jahren hatten die meisten Karten – von denen viele der Konzeptkünstler der ursprünglichen Trilogie, Ralph McQuarrie, zeichnete – *Star-Wars*-Themen, die von R2-D2 und C-3PO, die in der Werkstatt des Weihnachtsmannes aushelfen, bis zu Podracer-Piloten reichten, die Weihnachtslieder singen.

Postkarten von Lucasfilm zeigten oft Star-Wars-*Motive, aber nur wenige können es mit der Parodie (vorige Seite, Insert) von Edward Hoppers Gemälde* Nigthhawks *aufnehmen, einer Karte von Erik Tiemens und Ryan Church, die Produzent Rick McCallum 2005 verschickte. Fans gestalteten zum Spaß eine Erntedankfest-Karte, auf der »Dad schneidet den Truthahn an« steht (von Stephen Hayford, 2005). Vorige Seite, oben, Karte von Troy Alders, 1999; unten, Karte von David Craig, 1986. Diese Seite, oben, Karte von Ralph McQuarrie, 1979; rechts, Karte von Kathryn Otoshi, 2003.*

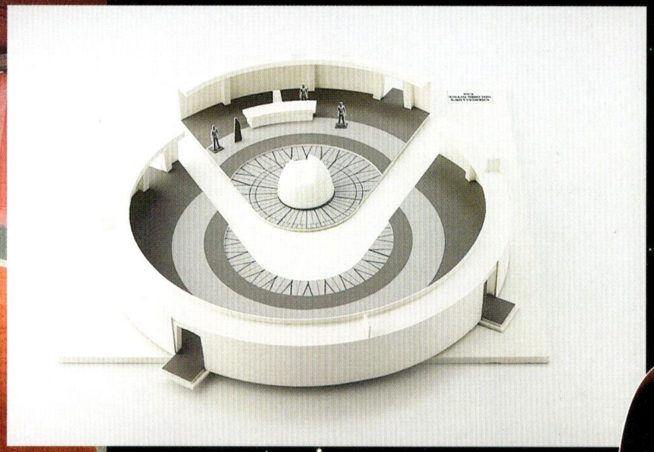

Von der Miniatur zum vollständigen Set (Palpatines Büroflluchten, links, 2003) und von einer Einladung auf ein Getränk vor dem Dreh in Australien zu einer für eine Presseaufführung im Vereinigten Königreich (unten, 2005), schloss Episode III *in vieler Hinsicht den Kreis.*

DAS ZUSAMMENFÜHREN OFFENER ENDEN

In *Star Wars: Episode III – Die Rache der Sith* war eine Menge los. Schließlich sollte es der letzte *Star-Wars*-Film sein. In ihm mussten viele lose Fäden zusammengeführt werden, die schon in fünf anderen Filmen geknüpft worden waren. Obwohl jeder wusste, wie die Geschichte endete – immerhin war das in *Episode VI* offen gelegt worden –, musste Episode III bis zum Ende des Films kontinuierlich Spannung aufbauen und das Interesse des Zuschauers hochhalten. DISC TWO

Die Fans hofften fieberhaft auf einen Abschluss der Saga, der einen voll umhaute und emotional mitriss. Ein Teil des älteren Publikums, das von *Episode I* eher abgeschreckt war, schien *Star Wars* eine weitere Chance geben zu wollen. Es war jedoch fraglich, ob ein noch dunklerer Film ein neues Publikum von Kindern und jungen Erwachsenen anziehen würde; das wurde noch dadurch erschwert, dass *Episode III* von der Bundesprüfstelle mit PG-13 bewertet wurde statt der niedrigeren Einstufung, die sich alle anderen *Star-Wars*-Filme erworben hatten.

Lucasfilm war während des Drehs eines *Star-Wars*-Films nie offener gewesen als diesmal. Die offizielle Webseite www.starwars.com hatte eine Webkamera, die während der Dreharbeiten lief, auch wenn sie manchmal von der eigentlichen Action abgewandt war. Ein tägliches Set-Tagebuch deckte alles ab, von der »Geheimsprache«, die Stunt-Koordinator und Schwertmeister Nick Gillard verwendete, um Lichtschwert-Kampfbewegungen zu notieren, bis zu dem Modacryl-»Haar«, das bei der Fertigung der Wookiee-Kostüme an die Stelle des echten Yak-Fells trat. Die Fotos und Webcam-Bilder vom Set machten deutlich, wie viel von dem Film vor grüner und blauer Leinwand gedreht wurde, aus denen die ILM-Digitalkünstlern später echte Drehorte machen würden.

Während der größte Teil der Aufnahmen in Sydney erfolgte, wurden die letzten Einstellungen am 31. Januar 2005 auf Bühne 8 in den Elstree Studios außerhalb Londons gedreht – demselben Studio, in dem die ersten Aufnahmen von *Star Wars* entstanden waren. Kurz nach Mittag rannte Darsteller Hayden Christensen eine kurze Strecke über die nahezu leere Bühne. Schnitt. »Letzte Einstellung, Rick«, sagte Lucas ruhig zu seinem Produzenten. »Jetzt ist alles vorbei. Achtundzwanzig Jahre.«

Von den ersten Aufführungen zu Wohltätigkeitszwecken über die feierliche Präsentation außer Konkurrenz auf dem Filmfestival in Cannes bis zur Premiere im Vereinigten Königreich am nächsten Tag zeigte sich, dass *Episode III* alles hatte, was ein erfolgreicher Film benötigte. Und die Kritiker stimmten zu:

»George Lucas hat etwas erreicht, was nur wenigen Künstlern gelingt; er hat eine eigene Welt erschaffen und bevölkert. Seine *Star-Wars*-Filme gehören technisch wie finanziell zu den einflussreichsten, die jemals gedreht wurden. Und sie machen Spaß. *Die Rache der Sith* ist großartige Unterhaltung.«

Roger Ebert, *Chicago Sun-Times*

Pressevertreter wurden auf die »Skywalker Ranch« eingeladen, um einige Star-Wars-Schauspieler sowie Regisseur George Lucas und Produzent Rick McCallum zu interviewen (unten, 2005). Aber das Hauptereignis war die Premiere von Episode III *in London, der die Vorführung aller bisherigen fünf Filme vorausgegangen war. Platzanweiser versahen die Besucher nach jedem Film mit einem Darth-Vader-Aufkleber, damit er für* Episode III *zugelassen wurde.*

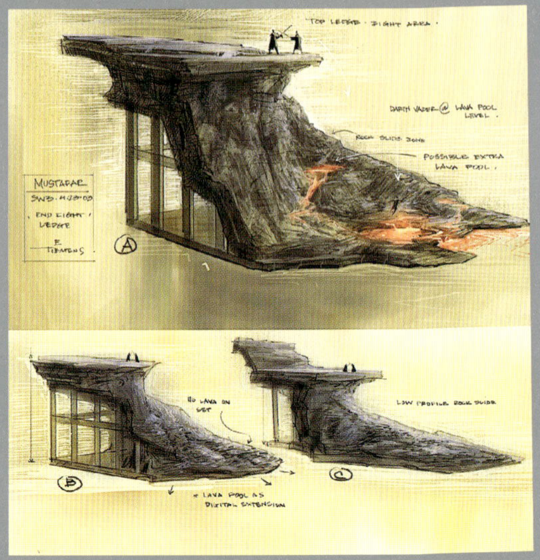

Es war der Höhepunkt, auf den alle gewartet hatten, und so musste der Zweikampf zwischen Anakin und Obi-Wan am Ende von Die Rache der Sith *atemberaubend sein. Das Art Department und ILM verbrachten bei* Episode III *viel Zeit mit der Gestaltung des Planeten Mustafar, lieferten zunehmend detaillierte Ansichten der Umgebung und Vorschläge für den Endkampf (oben, 2003). Schließlich kombinierte ILM Miniatursets, Live-Action-Elemente und digitale Hintergründe zu George Lucas' Version der Hölle (links, 2005).*

ILM baute eine riesige »Miniatur« der Lavaflüsse von Mustafar (unten rechts, 2004) und benutzte Beleuchtung, Gels und Chemikalien, die zum Eindicken von Milchshakes verwendet werden, um realistische Strömungen herbeizuführen. Die Schminke, mit der Hayden Christensens Verbrennungen aufgetragen wurden, machte ihn beinahe so schwarz und schrundig wie das Muster der Vulkanasche (ganz unten, 2003).

Von Anfang an nahmen Karikaturisten und Comiczeichner mit Hilfe des Star-Wars-*Personals Demokraten und Republikaner, die Linke und die Rechte, das Big Business und sogar die Popkultur aufs Korn. Das* MAD-*Magazin bediente sich des Kinoposters von* Episode III, *um den Plan einer Irak-Invasion zu kommentieren (rechts, 2002). Auch die Künstler Mike Luckovitch (oben, 2007) und Gary Brookins (links, 1980) mischten mit, sowie (nächste Seite, entgegen dem Uhrzeigersinn von unten links) John Lara, 1980; Wayne Stayskal, 1978; Jeff MacNelly, 1984; und Berke Breathed, 1984. (Insert) Das Poster von Fox Deutschland verkündete 1985 bei der Wiederaufnahme von* Star Wars, *dass Ronald Reagans Vorschlag einer »strategischen Verteidigungsinitiative« (von Kritikern* Star-Wars-*Verteidigung genannt) im Kino besser platziert wäre als am Himmel.*

DAS REICH DES BÖSEN

Star Wars ist ein Märchen, eine Space Opera, eine Ausgeburt der Fantasie. Aber die Saga und ihr Erfinder sind darüber hinaus auch ein Teil der wirklichen Welt und wurden von ihr beeinflusst. Umgekehrt beeinflusst die Fantasie die Realität. Ein bekanntes Beispiel dafür ist die Verwendung von *Star Wars* als Kürzel für die Strategic Defense Initiative, dem weltraumgestützten Anti-Raketen-System, das Präsident Ronald Reagan im März 1983 vorstellte. (Der einzige Präsident mit Wurzeln in Hollywood nannte die Sowjetunion auch das »Evil Empire«.) Im Kongress bezeichneten die Demokraten das Programm sofort als den »Star-Wars-Plan«, um deutlich zu machen, dass SDI eine Ausgeburt der Fantasie sei. Um seine Rechte zu schützen, ließ Lucasfilm gegenüber zwei Lobby-Gruppen sofort anwaltlich verfügen, dass sie den Begriff »Star Wars« nicht mehr in Fernsehspots verwenden dürften, aber ein Bundesrichter befand, dass der Begriff als Umgangssprache durchgehen könne, und meinte, es würde die geschützten Markenrechte von Lucasfilm nicht verletzen.

Aber die Wechselwirkung von Politik und *Star Wars* reicht noch weiter zurück, bis zur ersten Idee für die Saga selbst. George Lucas' Sichtweisen waren schon früh vom Vietnamkrieg und anderen Versuchen der Nixon-Administration, bürgerliche Freiheiten abzuschaffen und sich über das Gesetz zu stellen, geprägt worden. Anfang der Siebzigerjahre hatte er sich auch erfolglos bemüht, einen Film namens *Apocalypse Now* zu drehen (der schließlich in den Händen seines Freundes Francis Ford Coppola landete). »Vermutlich konnte ich den Film nicht drehen, weil er vom Vietnamkrieg handelte, also nahm ich im Grunde die gleichen Konzepte, die ich dafür verwenden wollte, und machte daraus ein Weltraummärchen, in dem es um ein großes technologisches Reich geht, das auf eine kleine Gruppe von Freiheitskämpfern Jagd macht«, sagte er gegenüber Charles Lippincott in einem Interview, kurz bevor *Star Wars* anlief. Nach der Premiere des Films schrieb Jim Hoagland von der *Washington Post* – ein früherer Kriegsberichterstatter –, dass die Geschichte der unterlegenen Rebellen, die gegen eine imperiale Regierung kämpfen, die Lage in Vietnam widerzuspiegeln scheine, und die Schlachtszenen erinnerten ihn an amerikanische Missionen über Hanoi und Haiphong. Ein linker Filmkritiker in Frankreich bezeichnete den Film hingegen als »kryptofaschistisch«.

In den letzten dreißig Jahren hatten politische Karikaturisten einen Mordsspaß damit, *Star-Wars*-Figuren – besonders Darth Vader und Yoda – als Kürzel für ihre galligen Kommentare zu verwenden. Aber nichts verband die Saga und die Politik enger miteinander als die Reaktion von einer bestimmten Seite auf *Episode III – Die Rache der Sith*. Die Parallelen werden wahrscheinlich im folgenden Auszug aus einer Kritik von A.O. Scott, die in der *New York Times* erschien, am deutlichsten sichtbar:

> »*Die Rache der Sith* handelt davon, wie eine Republik ihre eigenen demokratischen Grundsätze demontiert, wie Politik militarisiert wird, wie eine manichäische Ideologie die vernunftgemäße Ausübung von Macht unterminiert. Mr. Lucas stößt sein Lichtschwert eindeutig in die Richtung einiger politischer Führer der realen Welt. Einmal zischt Darth Vader, schon stark unter dem Einfluss der dunklen Seite, Obi-Wan in einem Widerhall der Worte von George W. Bush an: »Wenn du nicht für mich bist, bist du mein Feind.« Obi-Wans Antwort wird vermutlich als Autoaufkleber bei der nächsten Wahlschlacht wieder auftauchen: »Nur ein Sith denkt in Absolutheiten.«

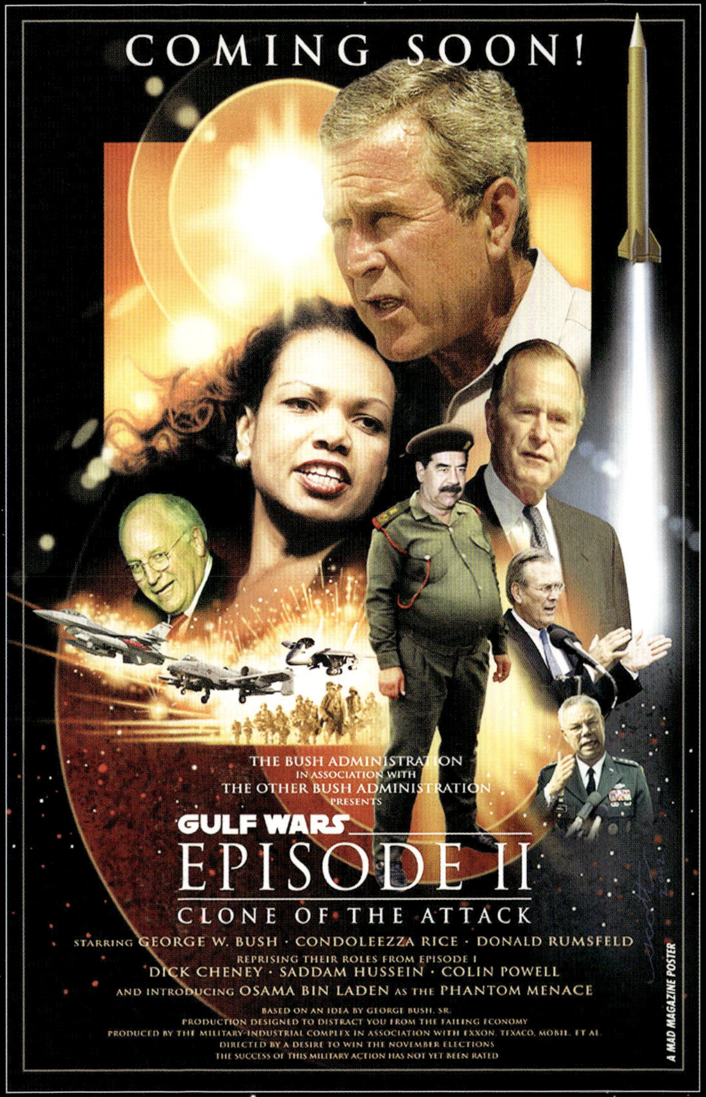
COMING SOON!
THE BUSH ADMINISTRATION
IN ASSOCIATION WITH
THE OTHER BUSH ADMINISTRATION
PRESENTS
GULF WARS
EPISODE II
CLONE OF THE ATTACK
STARRING GEORGE W. BUSH · CONDOLEEZZA RICE · DONALD RUMSFELD
REPRISING THEIR ROLES FROM EPISODE I
DICK CHENEY · SADDAM HUSSEIN · COLIN POWELL
AND INTRODUCING OSAMA BIN LADEN AS THE PHANTOM MENACE
BASED ON AN IDEA BY GEORGE BUSH, SR.
PRODUCTION DESIGNED TO DISTRACT YOU FROM THE FAILING ECONOMY
PRODUCED BY THE MILITARY-INDUSTRIAL COMPLEX IN ASSOCIATION WITH EXXON, TEXACO, MOBIL, ET AL.
DIRECTED BY A DESIRE TO WIN THE NOVEMBER ELECTIONS
THE SUCCESS OF THIS MILITARY ACTION HAS NOT YET BEEN RATED
A MAD MAGAZINE POSTER

elativierung
Neue Zürcher Zeitung
liten:
edensfreunde
kunft?
Sterne
kfurter Allgemeine
n Genf nach
Stuttgarter Zeitung
Laserwaffe
Neue Presse

BLOOM COUNTY
by Berke Breathed
FREE MARKET
THE EMPIRE STRIKES BACK
WARS
VICTORY IS OURS, FELLOW FEDERAL SPACE REBELS... WE'VE BROUGHT THE EVIL EMPIRE TO ITS KNEES!
WE'VE SMASHED THEIR ORGANIZATION!
AND SPLIT THEIR RANKS! HAR! HAR!
POP!
YEAH, WE BLASTED 'EM!
SO NOW, LET US SIT BACK ON OUR LAURELS AND REVEL IN THE FRUITS OF OUR TRIUMPH!
LIKE HIGHER PHONE RATES!
AND CHEAP PHONES WHOSE CORDS TANGLE!
POP!
YEAH, WE BLASTED 'EM!!
BUT WAIT, FEDERAL SPACE REBELS... WHAT'S THAT ON THE HORIZON?!
THE EMPIRE... IT'S BACK!!
BIGGER! STRONGER! HOLY HYPER-SPACE... IT'S... IT'S...
...THE DEATH STAR!!
AAIGH!! RETREAT!!
POP! POP! POP!
AT&T
© 1984 The Washington Post Co.

USE THE FORCE, YOU MORON.
INCUMBENCY

"...UND VE VANT TO ASSURE YOU THAT VE HAVE NO THOUGHTS OR INTENTIONS OF USING SPACE FOR MILITARY PURPOSES!"

Return of the Jimmy - STAR WARS '84
Darth Mondale
Glenn Skywalker
Cranston Threepio
Askew D2
Wookie Hart
and Ted Solo
Jeff MacNelly — Chicago Tribune

Seit den Anfangszeiten von Star Wars *haben überall auf der Welt Magazine jeder politischen Ausrichtung bei aktuellen Anlässen auffällige* Star Wars*-Motive oder entsprechende Anklänge verwendet. Verbindungen zwischen dem Film und einem vorgeschlagenen weltraumgestützten Anti-Raketen-System haben zu einigen unliebsamen militaristischen Bildern geführt, wie etwa auf den Ausgaben von* The New Republic *(1977),* National Rewiew *(1988) und* Conservative Digest *(1980).*

Seit kaum noch jemand über SDI spricht, bedienen sich Karikaturisten der Saga, um andere aktuelle Geschehnisse darzustellen. So zeigte eine Coverillustration der National Rewiew *von 1999 zur Homosexuellenbewegung Gungan Jar Jar Binks in einer Reihe mit Abraham Lincoln und dem lavendelfarbenen Teletubby namens Tinky-Winky, die alle irgendwie mit Homosexualität in Verbindung gebracht wurden. Und auf einem Cover von* The Nation *aus dem Jahr 2002 tauchten Boondocks-Figuren auf, als Kommentar zum Volk, das gegen eine Verletzung der Bürgerrechte durch die Bush-Regierung »zurückschlagen« würde.*

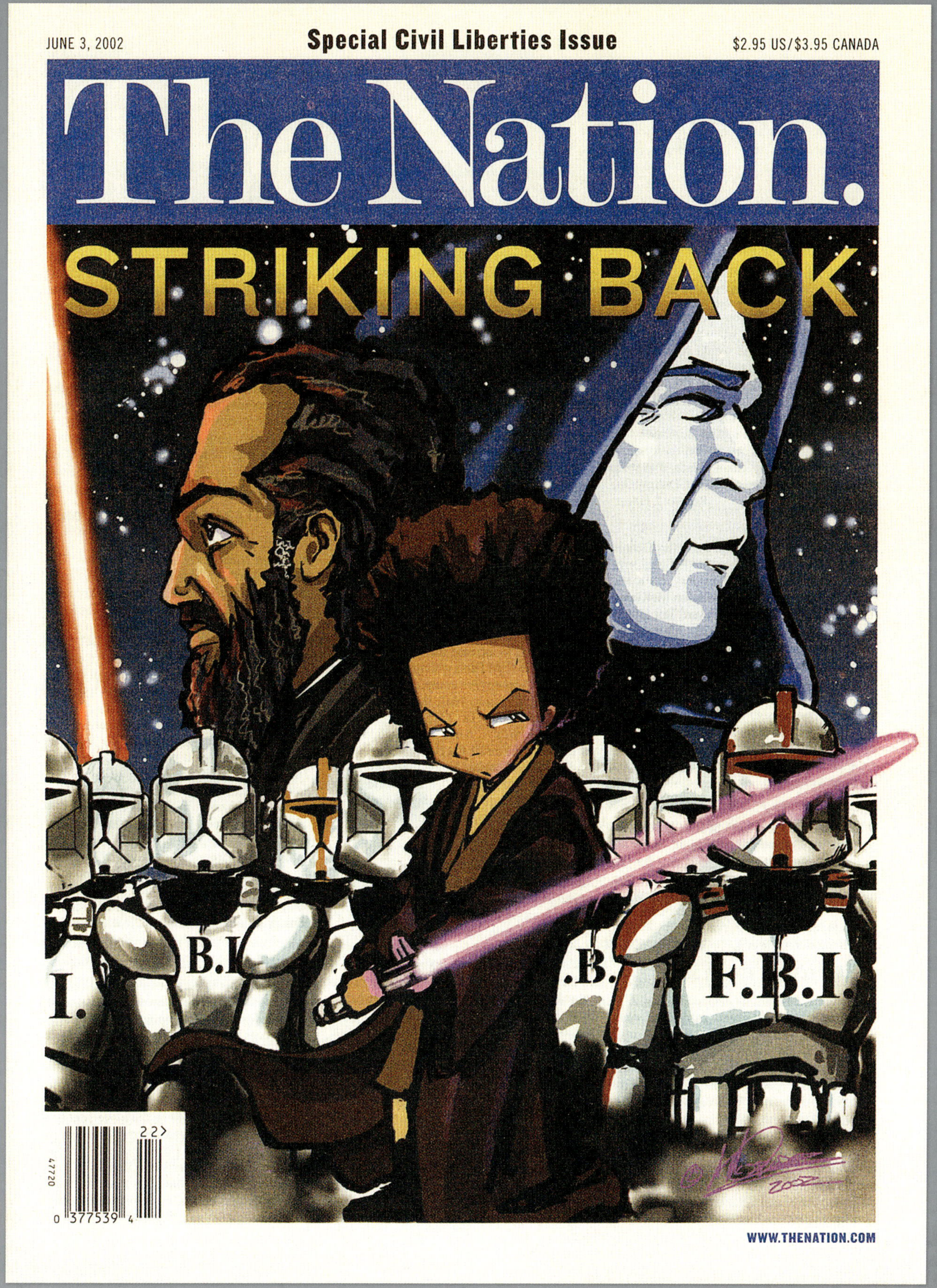

VON DER »BULLTAIL« ZUR »SKYWALKER RANCH«

Das Hauptgebäude auf der »Skywalker Ranch« (rechts, 2006) war beim Dreh der Star-Wars-*Prequels der Mittelpunkt sämtlicher Aktivitäten in Sachen Vor- und Postproduktion. Auf der Ranch, die größtenteils Mitte der Achtzigerjahre entstand, findet noch immer das jährliche Firmenpicknick statt (Insert, 1984).*

Mit dem finanziellen Erfolg von *Star Wars* hatte George Lucas sein Traumprojekt auf den Weg gebracht: die »Skywalker Ranch«, einen Ort, den Fans und Medien seit Jahrzehnten mythologisieren. Als Mitbegründer von American Zoetrope war Lucas schon lange ein Verfechter des unabhängigen Filmemachens und mit zahlreichen Filmemachern aus der San Francisco Bay befreundet; mit einigen von ihnen hatte sich Lucasfilm die ersten bescheidenen Büros in einem 1869 erbauten viktorianischen Haus geteilt.

Lucas' unabhängiges Denken führte dazu, dass er sich nach einem abgelegenen, ländlichen Ort sehnte, an dem er nachdenken, schreiben und Filme machen konnte. So kaufte er 1979 die »Bulltail Ranch«, wo ein Jahrhundert lang Vieh geweidet hatte. Allerdings freute es ihn nicht gerade, dass das Grundstück im Lucas Valley des Marin County lag und einzig über die Lucas Valley Road zugänglich war, beides nach einer Pionierfamilie benannt, der das Land gehört hatte. Kein guter Start, um unauffällig zu bleiben, dachte er. Was jetzt als »Skywalker Ranch« bekannt ist (es sind eigentlich drei separate Ranches), umfasst nahezu 2500 Hektar, von denen fünfundneunzig Prozent unbebaut bleiben werden, weil das Land unveräußerlich an eine Naturschutzorganisation des Marin County übertragen wurde.

»Ich versuche, einen Ort aufzubauen, der seinem ganzen Wesen nach die Kreativität anregen soll, besonders bei Autoren«, verriet Lucas 1978 einem Interviewer des *Time Magazine*. »Am Montagmorgen wird es Storykonferenzen geben, und dann werden wir die Autoren loslegen und schreiben lassen, gut, schlecht oder mittelprächtig.« Tatsächlich wurde die »Skywalker Ranch« zum Hauptquartier eines immer größer werdenden Unternehmens, bei dem die meisten durch Lucas' Filme erzielten Gewinne gleich wieder in das Geschäft gesteckt werden.

Kein Detail der Ranch wurde ohne Lucas' persönlichen Input gestaltet. Seine Vorstellungen von Architektur, Farbe, Anordnung, Beschaffenheit, Möbeln – das alles durchdringt die »Skywalker Ranch« und verleiht ihr einen Ausdruck von Klarheit und Beständigkeit. Selbst wenn Veränderungen vorgenommen und Bauten hinzugefügt werden, ist deutlich, dass sie alle Teil eines großen Entwurfs in Lucas' Vorstellungswelt sind.

Obwohl Lucas' Firma inzwischen auch auf dem Campus des Presidio in San Francisco und in Singapur vertreten ist, wird die »Skywalker Ranch« immer ihr Herzstück bleiben: von dem weißen Hauptgebäude im viktorianischen Stil – einige Nummern größer als das ursprüngliche Büro von Lucasfilm – bis zu »Skywalker Sound«, der auf dem neuesten Stand befindlichen Audio-Postproduktionsanlage, die wie die Halle eines Weinkellers erbaut ist. (Ringsum wurden hektarweit Merlot- und Chardonnay-Trauben angepflanzt.) Die »Skywalker Ranch« ist an jedem 4. Juli der Treffpunkt für das Independence Day Picnic, eine Firmentradition, die 1980 eingeführt wurde, noch bevor das erste feste Gebäude stand.

Die einzigartige Firmenkultur, die mit viktorianischen Häusern im Marin County begann und mit der »Skywalker Ranch« zu voller Blüte fand, erfüllt Lucasfilm noch immer. Es ist eine Kultur, die einem relativ kleinen Mitarbeiterstab höchste Qualität abverlangt, aber auch viel Zeit für besinnliche Augenblicke in wunderschönen Umgebungen einräumt und auf eine Kameradschaft setzt, die nicht zuletzt in firmenweiten Jahresfeiern ihren Ausdruck findet.

picnic
ALVIN
7th Annual
Lucasfilm
Employee Picnic
Saturday
July 7, 1984
Skywalker Ranch
5858 Lucas Valley Rd
Nicasio, CA
11 AM Picnic
Complimentary hotdogs, burgers, and drinks. Bring your own favorite salad for Pot Luck
12:30 PM Competitive Games
Raft Race, Egg Toss, Wheel-barrow Race, Three-legged Race, Children's Relay Races, Tug-of War and much, much more.
Non-Competitive Leisure Games All Day
Boccie-Ball, Baseball, Volleyball, Horseshoes, Croquet, Hiking and Swimming (Lifeguards on duty at the Lake)
6 PM Bar-B-Que Dinner
in the Farm Group area
8 PM to Midnight Dance
Mitch Woods and his Rocket 88's
POSITIVELY NO FIREWORKS!
(EXTREME FIRE DANGER)

QUEEN of VISUAL FX

L
THE LUCAS HALLOWEEN PROJECT
THE ANNUAL ILM HALLOWEEN PARTY
SPONSORED BY LUCAS DIGITAL LTD. LLC,
LUCASARTS ENTERTAINMENT COMPANY LLC AND LUCASFILM LTD.
L FOR PARTY GOERS OF ALL AGES

*Die Stars der 118. Rosenturnier-Parade im Jahre 2007 waren eindeutig die marschierenden Sturmtruppler und Bandmitglieder, die mit zwei Festwagen das »*Star Wars* *Spectacular« bildeten. George Lucas fuhr als Großmarschall in einem blumengeschmückten Wagen (gegenüber, unten rechts, mit Tochter Amanda). Der Start zum dreißigjährigen Jubiläum der beliebtesten Saga der Filmgeschichte, die von der ersten wie der jüngsten Generation gleichermaßen geschätzt wird, hätte nicht gelungener sein können. Das offizielle Logo auf dem beiliegenden Aufnäher von Designer Tom Jung (Insert) bedient sich der ursprünglichen Grafik mit Leia und Luke auf dem ersten Kinoposter.*

DREISSIG JAHRE UND KEIN BISSCHEN WEISER

Während der drei Jahre, die George Lucas gebraucht hatte, um seinen ersten *Star-Wars*-Film zu schreiben, war Richard Nixon zurückgetreten. Ein Erdnussfarmer aus Georgia namens Jimmy Carter war zum Präsidenten der Vereinigten Staaten gewählt worden, und die große neue Fernsehserie hieß *Drei Engel für Charlie*.

Heute scheint *Star Wars* so sehr Bestandteil der weltweiten Popkultur zu sein, dass man sich ein Leben ohne George Lucas' episches Weltraummärchen kaum noch vorstellen kann. Wie Lucas sagt, sind es nur Filme – aber so inspirierte Filme, dass sie sich tief in die Psyche der Menschen eingegraben und eine noch immer wachsende Gemeinschaft von Fans und Bewunderern geschaffen haben, eine große Familie von Begeisterten, die von selbst immer weiter wächst.

Star Wars hat vor allem dadurch die Herzen und die Fantasie von Millionen Menschen in seinen Bann geschlagen, dass die Saga den Heldenmut und die unbegrenzten Möglichkeiten des Einzelnen feiert. Sie beschäftigt uns. Sie regt uns an. Sie inspiriert uns. Die Dimension der Filme ist so umfassend, und sie sind so voll origineller Figuren, Fahrzeuge, Raumschiffe und Welten, dass sie ständig neue, spannende Entdeckungen bereithalten.

Trotz seiner anfänglichen Abneigung gegen die Geschäftswelt ist Lucas heute Eigentümer der berühmtesten unabhängigen Filmproduktionsgesellschaft der Welt, die zwei der beliebtesten und erfolgreichsten Filmreihen der Geschichte hervorgebracht hat: *Star Wars* und *Indiana Jones*. Lucasfilm hat den Weg in das digitale Zeitalter bereitet, Pionierleistungen und Durchbrüche in Computeranimation und der Bearbeitung von digitalen Bildern und Klängen vollzogen und schließlich den ersten größeren volldigitalen Spielfilm gedreht. Im Jahre 1971 gegründet, hatte Lucasfilm das Durchsetzungsvermögen, das anderen unabhängigen Filmemachern die Hoffnung und Ermutigung gab, dass auch sie außerhalb von Hollywoods Studiosystem Erfolge feiern können.

Lucas' Engagement und eine ständige Reinvestition der Gewinne aus seinen Filmen waren erforderlich, damit seine Firma die Technologie immer weiter vorantreiben konnte. Lucas rief eine Animationsabteilung auf dem neuesten Stand der Technik ins Leben, deren erstes Ergebnis eine computergenerierte Zeichentrick-Fernsehserie für Kinder sein wird, die weitere Geschichten aus dem Zeitalter der Klonkriege erzählt. Unmittelbar darauf soll eine knallharte Live-Action-Fernsehserie folgen.

Um das Jahr des dreißigjährigen Jubiläums von *Star Wars* gebührend einzuleiten, wandte Lucas sich wieder seinen Wurzeln und einer jahrhundertealten amerikanischen Tradition zu, der Rosenturnier-Parade in Pasadena, Kalifornien, am Neujahrstag. Als Lucas zehn war, unternahm seine Familie ihre erste Fahrt nach Pasadena, um sich die Parade anzusehen, eine Tradition, die sie alle paar Jahre fortsetzte. Und um die Wohltätigkeitsarbeit und Leidenschaft der Fan-Truppe der 501. Legion zu ehren, brachte Lucas zweihundert Mitglieder aus zweiundzwanzig Ländern und sechsundreißig amerikanischen Bundesstaaten mit, die bei der Parade mitmarschierten. *Star Wars Celebration IV* folgte und brachte am 25. Mai 2007 tausende von Fans im Kongresszentrum von Los Angeles zusammen. Es war auf den Tag genau dreißig Jahre her, dass *Star Wars* sich der Welt erstmals präsentiert hatte.

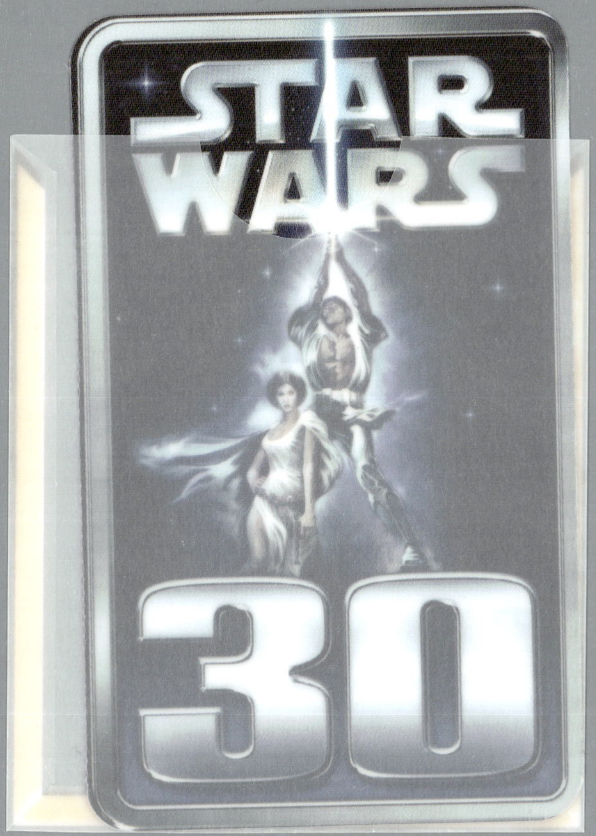
STAR WARS
30

STAR WARS
CELEBRATION IV

CREDITS

ORIGINALFOTOS und SCANS

Anne Neumann

PRODUKTFOTOGRAFIE

Alex Ivanov

ZUSÄTZLICHE FOTOGRAFIE

Für Lucasfilm
- Tina Mills
- Tom Forster
- Peter Vilmur
- David Owen
- Ben & Peggy Burtt
- Scott Myers

Spezialfoto »Rolle 2 Dialog 2«
- Matthew Azeveda

THX1138
- © Warner Bros.

American Graffiti
- Universal Studios Licensing LLLP

Star-Wars-Saga
- John Jay
- George Whitear
- Gary Kurtz
- Albert Clarke
- Terry Chostner
- Don Dow
- Keith Hamshere
- Ralph Nelson Jr.
- Paul Tiller

Worldcon 1976
- Richard Alan Hubbard

New York Line 1977
- Paul Schumach
- Sam Siegal

Academy Awards 1978
- © A.M.P.A.S.®

Imperium-Hörspiel
- Mary Ellen Mark
- Camera One

Smithsonian-Ausstellung
- Eric Long
- Mark Avino

Hollywood Line 1999
- Tim Kirk

Star Wars Celebration
- Joe McDonald
- Karen Louie

Gruppenfoto der 501
- Britt Dietz

Rosenturnier
- Bob Long

GRAFIK

Lucasfilm
- Ralph McQuarrie
- Alex Tavoularis
- Joe Johnston
- Ken Ralston
- Mike Pangrazio
- Doug Chiang
- Jay Shuster
- Erik Tiemens
- Feng Zhu

Poster
- Howard Chaykin
- Tom Jung
- Greg & Tim Hildebrandt
- John Alvin
- Michelangelo Papuzza
- Del Nichols
- Roger Kastel
- Drew Struzan
- Tim Reamer
- Igor Majstrovsky
- Alexsandr Kulov
- David McMacken
- Flash Gordon / © Flash Gordon © King Features Syndicate

Sonstige Grafik
- Celia Strain
- Jim Hummel
- Wojciech Siudmak
- Troy Alders

Weird Science – EC Comics © William M. Gaines Agent, Inc. Reprinted with the permission of William M. Gaines Agent, Inc.

Berry's World © 1977 by NEA, Inc.

Famous Monsters #138 (Oct. 1977) Warren Publishing. Famous Monsters of Filmland (words and distinctive letter design) is a registered trademark of R. Ferry Ent. Used by permission.

Mad Magazine »Gulf Wars«/*Star-Wars*-Parodie-Poster © 1978; 2002 by E.C. Publications, Inc.

The New Yorker – Saul Steinberg/*The New Yorker* © Copyright 1997 Condé Nast Publications

Rolling Stone – Cover photo by Terry O'Neil *Rolling Stone*, August 25, 1977. © Rolling Stone LLC 1977. All Rights Reserved. Reprinted by permission.

Funky – © Funky Winkerbean © Batom, Inc. North American Syndicate

Brookins-Karikatur – By permission of Gary Brookins, *Richmond Times-Dispatch*

Luckovich-Karikatur – By permission of Mike Luckovich and Creators Syndicate, Inc.

Bloom County – © 1984, Berkeley Breathed. Distributed by The Washington Post Writers Group. Reprinted with permission.

Lara-Karikatur – Reprinted by permission of the *Orange County Register.*

Staykal-Karikatur – © Tribune Media Services, Inc. All Rights Reserved. Reprinted with permission.

MacNelly-Karikatur – © Tribune Media Services, Inc. All Rights Reserved. Reprinted with permission.

The New Republic – Courtesy of The New Republic and Twentieth-Century Fox. Reprinted by permission.

National Review – © by National Review, Inc., 215 Lexington Avenue, New York, NY 10016. Reprinted by permission.

Conservative Digest – Courtesy of Richard Viguerie, Founder and Publisher

The Nation – Reprinted with permission from the June 3, 2002, issue of *The Nation*. For subscription information, call 1-800-333-8536. Portions of each week's Nation Magazine can be accessed at http://www.thenation.com.

TEXT

Interviews mit und von Charles Lippincott

Interview mit Gary Kurtz von Ken Plume, IGN.com, November 2002

Los Angeles Times

Marin Independent

Los Angeles Daily News

The Guardian

LiningUp.net

DANKSAGUNG

Die Autoren möchten sich bei den folgenden Personen für ihre Unterstützung und Hilfe bedanken.

Bei Lucasfilm gilt unsere tiefste Dankbarkeit der erstaunlichen Amy Gary, der es als Director of Publishing gelang, gleichzeitig professionell und freundlich zu sein, eine Kollegin und eine Freundin, die nichts unversucht ließ, damit dieses Buch so gut wie möglich wurde. Wir danken Executive Editor Jonathan Rinzler von Lucas Licensing und Art Director Troy Alders für ihre Vorschläge. Wir danken der stets hilfreichen Abteilung Image Archives unter der Leitung von Tina Mills sowie ihren fähigen Assistenten Michelle Jouan und Matthew Azeveda; wir danken auch den Mitarbeitern der Research Library von Lucasfilm – Jo Donaldson, Robyn Stanley und Carol Wing – für ihre nie versagende Geschicklichkeit darin, Nadeln in Heuhaufen zu finden ... und denen der Lucasfilm Archives für ihre Hilfe dabei, diese Nadeln *und* die Heuhaufen auch zu erhalten: Laela French, Dinah Houghtaling und Sterling Hedgepeth. Außerdem danken wir Jane Bay und Anne Merrifield vom Office of the Chairman dafür, dass sie die Schatzkammer für uns öffneten, und Mary Franklin für ihre anhaltende Fröhlichkeit, obwohl sie uns mehrmals mit den gleichen Dingen versehen musste, weil sie immer wieder verlegt wurden.

Charles Lippincott, einer der ersten Angestellten der Firma, war eine unschätzbare Hilfe bei diesem und vielen anderen *Star-Wars*-Büchern wegen der zahlreichen Interviews, die er geführt hat, und seines großartigen Gedächtnisses für Begebenheiten und Anekdoten, die dabei helfen, die Vergangenheit zum Leben zu erwecken. Comic-Legende Roy Thomas stellte seine Zeit und sein Wissen darüber zur Verfügung, wie es bei Marvel zu den *Star-Wars*-Comics kam. Ralph McQuarrie ist uns eine ständige Quelle der Inspiration gewesen, und wir danken seinen Freunden und Kollegen Stan Stice und John Scoleri für ihre Hilfe.

Wir hätten vermutlich keine bessere Lektorin haben können als Jenna Free von becker&mayer!, einem außerordentlich kreativen Verlag in Sachen Buchgestaltung. Sie stand uns immer mit Geduld und Rat zur Seite, wenn die Deadlines über uns hereinbrachen. Der Designer Todd Bates hat es wirklich drauf, und wir verfolgten mit wachsender Begeisterung, wie das Buch Gestalt annahm. Auch bei Mauro DiPreta, unserem Lektor bei HarperCollins, möchten wir uns für die wertvollen Vorschläge bedanken.

Wir hätten diese Aufgabe nicht bewältigen können ohne andere Sammler, die fast alle schon seit Jahren gute Freunde von uns sind und halfen, die fehlenden Stücke aufzutreiben. Einige von ihnen sind Travis Barker, Jeremy Beckett, James Boryla, Todd Chamberlain, Greg Hanson, Duncan Jenkins, Gus Lopez, Anne Neumann, Eimei Takeda, Lisa Stevens, Luis Villagomez, Vic Wertz, John Williams und Russ Williamson. Und natürlich möchten wir den zahllosen Händlern und Verkäufern bei eBay unseren Dank aussprechen, die uns im Laufe der Jahre so viele Schätze verkauften!

ÜBER DIE AUTOREN

Stephen J. Sansweet

Stephen J. Sansweet hat aus seiner Liebe zur *Star-Wars*-Saga einen ausfüllenden Beruf gemacht. Er bereist nicht nur die Welt als Verbindungsmann der *Star-Wars*-Fans zu Lucasfilm, sondern ist auch Autor oder Mitverfasser von dreizehn Büchern, von denen elf die Saga behandeln. Zu seinen vielen Aufsätzen und Artikeln gehört auch eine regelmäßige Kolumne für Sammler im *Star Wars Insider*. Wohnhaft im kalifornischen Sonoma County, hat er für Topps Inc. fünf Sets von *Star Wars* Trading Cards geschrieben und zusammengestellt und als Komoderator beim Radiosender QVC schon zahlreiche Folgen von *Star Wars Collection* gestaltet.

Nach sechsundzwanzig Jahren als Journalist beim *Wall Street Journal*, wo er zuletzt neun Jahre lang als Bürochef für Los Angeles tätig gewesen war, schloss sich Steve im Jahre 1996 Lucasfilm an. Jetzt ist er dort in der Marketing-Abteilung Director of Content Management und Leiter der Fan-Kontakte. Mitte 1970 begann er, Roboter und Weltraumspielzeug zu sammeln, und dank dieser Leidenschaft konnte er mit der Zeit eine der größten Privatsammlungen von *Star-Wars*-Memorabilien weltweit zusammentragen.

Peter Vilmur

Peter Vilmur sammelt seit 1977 *Star-Wars*-Memorabilien. Er ist – gemeinsam mit Stephen J. Sansweet – Verfasser des *Star Wars* Poster Book und schrieb zahlreiche Artikel für den *Star Wars Insider*, für StarWars.com und IndianaJones.com. Zurzeit ist er Content Developer bei Lucas Online und lebt mit seiner Frau und seinen zwei Kindern in Petaluma, Kalifornien.

Autorenfotos von Alex Ivanov (ganz oben) und Tina Mills.